U0027288

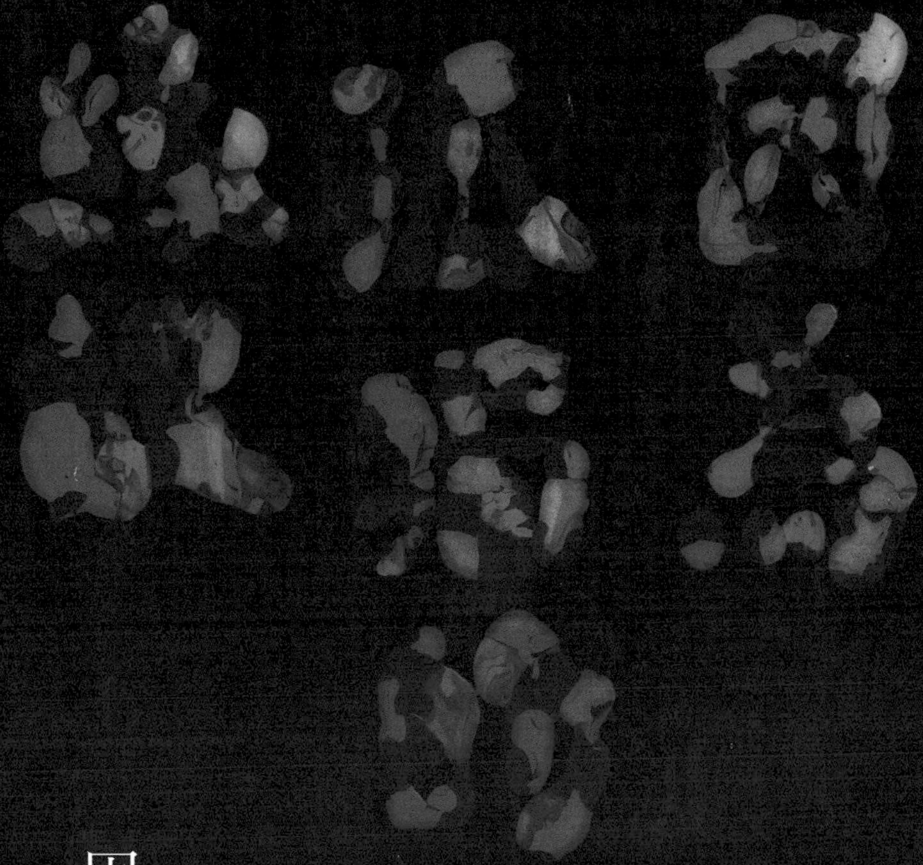

因為孤獨的緣故

蔣勳

因為孤獨的緣故——目次

蔣勳

因為孤獨的緣故——推薦序

在小說中立地成魔

張小虹

第一次聽蔣勳上美學課，擠在台大都計室（現在城鄉所的前身）狹長的教室裡，他侃侃而談江南園林框中有框的建築美感，還牢牢記得，在那放著幻燈片的暗黑教室裡，流轉著蔣勳特有的抑揚頓挫，醇厚迷人。

講美學時的蔣勳，總是做足了功課，在思想體系中灌注人文感性，不時透露的，又是溫柔敦厚的底蘊與涵養。

後來才讀到蔣勳的詩，當然又是另外一番風景，高亢與低迴處，濃烈醞釀著人道主義式的悲憫與關懷。如果美學的蔣勳智慧圓融，詩人的蔣勳揮淚高歌，那小說家的蔣勳就有我們想像不到的犀利與潑辣，機智與幽默。如果不同的文類開展出不同的創作自我，那在美學與詩中修行的蔣勳，卻是在小說的文字世界裡立地成魔。

所以別被《因為孤獨的緣故》這個看似有點溫柔浪漫的書名所蒙蔽，這裡收錄的八篇短篇小說，篇篇都會讓你坐立難安，因為它們有著生鮮凶猛的世俗性，用懸疑如推理小說般的敘事結構，夾雜政治嘲諷與黑色幽默，用最正經八百的語言，說最荒誕不羈的故事。不論是解嚴前後台灣社會的光怪陸離，也不論是對人性偽善或身體慾望的鞭辟入裡，蔣勳收放自如、點到止處，卻總已針針見血。

當然我們不能說這是後現代，後現代（Hou-Xian-Dai或厚腺帶）早已在蔣勳小說的後設形式裡被嘲弄得體無完膚了，即便小說中最令我們拍案叫絕的，往往正是那「高蹈」與「通俗」的雜揉，像豬腳博士振振有詞地要用法蘭克福學派理論驗證童年經驗一般，讓真與偽、善與惡、嚴肅與詼諧，總突如其來地擦肩而過。

那讓我們姑且稱之為偏執島嶼的城市寓言，一個頹喪而又敗德、極度擁擠卻重度寂寞的城市，一種日常生活碎片化、人際網絡變形化的寓言。在蔣勳小說的文本時空中，世俗性分崩離析，意義失重，隨處漂流，卻又絕不用任何預設的道德教條或人際規範加以匡救。蔣勳作為小說家的那個部分很頑強，不給解答，拒絕系統，放棄救贖，任由做為讀者的我們，在無意義的碎片飄浮中載沉載浮，猛一抬頭，瞥見瞬間人性真實的剎那，而感到無比無比的錯愕、驚慌。

一、截體斷肢的怪誕嘉年華

解嚴前後的台灣，看似社會動盪、亂象叢生，卻也總是伴隨著龐大充沛的動量與熱力，爆裂、衝撞、變形、重組。在蔣勳的小說中，這種嘉年華式的魔幻，透過身體部位的局部放大與誇張，呈顯有如特寫鏡頭下，妄想偏執而又異常冷酷的近距離凝視。而肢解的身體部位，始終懸宕於有機體／無機體、完整／碎裂、人種／動物的曖昧之中，成為一種殘酷怪誕的身體隱喻，無所安存。

像〈婦人明月的手指〉，情節隨文字的節奏一路緊湊推展，從銀行出來遇見搶匪的婦人，拉扯中被砍下的九根手指，就黏在厚疊的鈔票上任由搶匪一併帶走。而當丟了錢也丟了手指的婦人被帶到警局，強調電腦辦案的警員仔仔細細比對的，竟是遺失手指上蔻丹的顏色。這種誇張荒謬的黑色無厘頭，既超現實（surreal）（現實與夢幻的不可分）又超真實（hyperreal）（現實與再現的不可分），竟把都市叢林中的冷漠與疏離，鋪陳得如此司空見慣，卻又如此不可置信。

像〈舌頭考〉中可考與不可考的長舌由來，以進化論的口吻夾雜生物學、考古學、人種學的知識，「偽偽」道來，越認真就越荒誕，越荒誕就越挑釁。於是婦人長舌得以翻案，以「女性意識」之說，重新賦予舌頭生產勞動、繼往開來的神聖進化使命。於是戰國楚墓的「吐舌怪獸」，成為母系社會的最佳視覺證明。於是人的心口不一，就都從眼下紫紅色肌肉的牽動一目了然。然而練就透視人性超能力的主人翁，卻被無所不在的偽善活活嚇死。〈舌頭考〉一字排開，一本正經，一場鬧劇，在偽科學中揮灑最是天馬行空的幻想與嘲諷。

像〈豬腳厚腺帶體類說〉，更是一則精彩絕倫的政治／種族／性別寓言的小「蹄」大做。一邊是自陳遭受藝術迫害的銅雕家，發動「一隻豬腳守衛戰」的靜坐示威，一邊是自剖豬腳情結的留德生物學博士，將島嶼獨立運動的完美，幻想成與汙穢母體切離後潔淨如玉的豬蹄。蔣動甘冒大不韙，將「本土文化的精緻化」比作萬鎮豬腳上模仿德國豬腳的紅色蝴蝶結，俏皮流行之餘，更令人「蹄」笑皆非。然而小說中拍案叫絕的幽默嘲諷鑽到了底，竟反轉成最是不可言說的驚怖意象／異象，「那一夜，他夢到自己回到了萬鎮，在許多巨大的白色豬腳中，用巨大的鑷子一根一根拔去豬腳上的毛。月亮圓而且大，發白，豬腳也像月亮一樣，白而且大，一堆一堆，堆到天上去」。超現實的豬腳，配上潛意識的月亮，最是熟悉處，卻有最陰森最不對勁最毛骨悚然的恐怖。

又像〈安那其的頭髮〉中，思想與頭髮分家、理性與慾望分裂、信仰與肉體分離，獻身運動的女學生葉子，唯有靠著「戀物化」（fetishize）學生領袖在月色中如瀑布之水的美麗頭髮，才能暫時縫合分家、分裂、分離的身與心，直到某一天真相大白，學生領袖頭上頂的竟是偽造的假髮。以學生運動中的性別矛盾出發，蔣動成功地開展了一場無政府主義的青春躁動狂想曲，由頭髮的物質性，抽絲剝繭到意識型態的纏鬥，既嘲笑理想的高談闊論，也嘲笑對高談闊論理想的嘲笑。留頭不留髮、留髮不留頭的時代早已遠颺，現在是虛無主義的無髮／法無天，絕頂的革命熱情。

二、測不準的情慾曲線

然而作為小說家的蔣動似乎從未真正動怒，他一派氣定神閒「偽偽」道來，將目睹的十年怪現狀，用一個接著一個的怪誕身體寓言，堆疊出島嶼分崩離析的碎片殘骸，一個拒絕體系拒絕整合的寓言，一個沒有解答沒有謎底的寓言，就像每篇小說的開放結尾一樣，沒有人知道台灣同胞的舌根有何奧祕，沒有人知道領袖為何光顧萬鎮豬腳，沒有人知道山頭為何有一座游泳池，沒有人知道兒童為何會失蹤，也沒有人知道鸚鵡為何會熱死，不知道不是因為神秘故弄玄虛，不知道是因為意義的斷裂與符號的漂流，讓小說在精準的敘事結構與巧置的情節發展中，滿布意義內爆、魂飛魄散的隙縫。

同理可推，蔣動的小說在身體感官、情慾流動的處理上，一樣飄忽曖昧，一樣測不準。〈熱死鸚鵡〉一反《魂斷威尼斯》式老年男子對青春男體的迷戀，描寫醫科學生助理對教授醫師的「畸形愛慕」。教授醫師稀疏而灰白的頭髮，被當成表徵「理性、冷靜、客觀、智慧」的戀物，而學生助理自己青春健美的身體，則透過他內化了的「醫學凝視」一一呈顯，「他細數兩排隱約在胸肌下面的肋骨。他覺得自己的手指彷彿可以是閃著冷冷的金屬光的解剖刀，一一劃開了深褐的皮膚，一一張開了肌理複雜的組織，把看來糾纏不清的筋脈、皮膚一一歸類清楚之後，更展現了如玉石或象牙一般有著優美弧度的略微彎曲的一根根肋骨」。情慾的想像肢解肉體，在血肉模糊處，峰迴路轉又一春。

這種曖昧來自於以科學偷渡自戀，以解剖學暗藏春色，在客觀理性的醫學護航之下，連自慰射精都一般理直氣壯。這種曖昧也出現在蔣勳小說的情慾世界裡的永恆三角，男—男—女的糾葛纏縛。像新作〈救生員的最後一個夏天〉裡大學生Ming的父親，要與男友赴荷蘭辦理同志結婚，並堅持對Ming母親的愛也是唯一，而婉拒任何「同性戀」與「異性戀」的分類標籤。小說裡不分族群的愛，也是充滿不分倫常的慾望踰越，既戀父又戀母還戀自己戀救生員的Ming，不也用「醫學凝視」大膽窺視救生員阿星橫跨在鋁架上的身體，「因為用力，小腿的肌肉，膝蓋的關節，足踝以及踏在梯子橫槓上的腳掌都顯出力量，像從解剖學的書上看到的狀態」，更忍不住用愛慾的眼光，不時摩娑著阿星那淺棕色調泛著金黃光澤的皮膚。

然而對身體慾望，蔣勳是有話要說的，但卻也往往欲言又止。不是遮掩藏閃，而是留出情慾的空白，讓想像遊走逃逸，讓刻板僵化的道德判斷暫時怯步，也讓我們反身窺見對異己他者、對異類情慾的好奇投射。〈因為孤獨的緣故〉寫中年家庭主婦的無奈，也寫男性退休小學教師的空虛。人皆有癖，主婦暗自以竊聽公寓鄰居動態為樂，劉老師獨自將成千上萬洋娃娃截肢斷體的殘骸，一一收納於房中的黑色木櫃。但當城市中的兒童開始大量無緣無故失蹤時，愛孩子的劉老師就順理成章地成了戀童癖的嫌疑犯。小說既不循傳統道德對戀童癖的撻伐，也不謀對戀童癖的翻案謳歌，小說以敘事觀點的侷限性（以主婦為第一人稱敘述者）與無可跨越的距離感，突顯出理解的不可能（從未進入劉老師內心世界的描寫）。如果孤獨來自距離，那這一切的不可解，遂化作公寓樓梯間若有似無、氤氳不散的氣味，「近於肉類或蔬菜在冬天慢慢萎縮變黃脫水的氣味」，由劉老師的身上與住處汩汩流溢。

而新作〈羊毛〉則是更為徹底地放棄寫實場景的時空框架，以符咒讖語與圖騰部落的意象，讓人體感官的色感、觸覺與嗅覺爆裂到極限。羊毛氈有如母體子宮的胞衣，將戰士生死愛恨的所有生命躁動，裹覆吸納。羊毛氈是身體記憶的無盡海域，交疊著屠殺獻祭的人獸亡靈。羊毛氈最後糾纏出的，更是慾望裂變的傷口，讓性與死亡的象徵猛暴疊合，讓死亡剎那的劇痛與亢奮，攀升有如交媾中的高潮迭起。於是你死我活的戰場殺戮，有了你儂我儂的愛慾想像，男男的對立，成為男男的交擁，利劍成為陽具的譬喻，血與精液的交融。〈羊毛〉的反戰與戀戰，〈羊毛〉的陽剛與陰柔，〈羊毛〉的亢起與頹靡，都成了情慾海域的生死浮沉。

從象徵到符號，從隱喻到轉喻，蔣勳小說中層層疊疊的文字迷宮，沒有出口，卻有對現實人世最犀利的洞察，觀風觀火，眼冷心熱。如果美學與詩的文字修行來自悲憫與關愛，那蔣勳小說中的文字劫難，則是捨昇華而就沉淪，棄神性而從魔性，摩頂放踵於醜怪與荒誕、扭曲與變形的未明。

因為孤獨的緣故——代序

蔣勳

一只頭顱

我看見一只頭顱滾過去，就前去追逐了。

並沒有任何理由使我知道這只頭顱與我的關係。

一九九三年一月廿一日下午四時廿六分，我的車駛過P市的C廣場。群眾嗡集在廣場四周。

司機告訴我是為了紀念F國最後一個國王路易在這裡砍掉頭顱的二百周年紀念。

一七九三年一月廿一日——我這樣推算了一下。

看到群眾中有肅穆的保皇黨，他們大聲控訴革命的暴戾以及對路易國王的野蠻處決。他們甚至邀集了F國當今最負盛名的大法官，重審二百年前的刑案，並且得到了「無罪」的判決。

那麼，歷史是應當重新再來一次的嗎？如同拍壞的電影，如同結構錯誤的曲式，如同我不斷修改的小說和畫，如同我愛戀你的方式（總是一錯再錯！）——留下了錯綜複雜的修改的痕跡，改了又改，都是修正的痕跡，連最初的草圖都被掩蓋，最初的動機也不清楚了。

但是N．J，就在保皇黨團體的另外一邊，極左派的工人革命組織也有一群人在示威。

他們展示了許多十八世紀後期路易屠殺群眾的畫作。路易被處理成一名嗜殺嗜血的屠夫。

他們捶胸頓足，他們仍然義憤填膺地為二百年前死難的階級兄弟申訴冤屈。我從P市經過。我看到廣場上群眾的垂泣或露齒微笑。

歷史使我悚然。

我很想知道，那剛剛斬斷的頭顱，在骨肉分裂，血如泉湧的剎那，是否還在思考著什麼？

N．J，我多麼想告訴你，站在那斷頭台的頂端，那高度使我從來沒有經驗過一名君王的自負與榮耀。

不是恐懼，絕對不是的。

我在登基的時候，看到一群一群臉色慘白的人們走進宮殿大廳，他們都是我的親戚，但他們都慘白如鬼，那時，我是恐懼的。

但是，廣場上豎立起的木製斷頭台，真正像一座君王盛典中的寶座。它那麼高，在一月，你知道，凜冽的祖國的寒冬中，遠處是灰色濃厚的雲塊，我甚至還聽到廣場南側S河潺潺的水聲，在群眾的喧譁中依然遵守從來不變的方向，一直流去，流去……

我以帝王的尊貴與典雅走上那一級一級的高梯。群眾安靜了下來。他們有人用在歌劇院中觀賞女伶細部的望遠鏡觀察我臉上的表情。

我頷首微笑向他們示意。

我看到他們顫抖了。甚至在前幾日審判中最尖銳蠻橫的群眾頭目，也霎時間灰白了臉，呆呆看著面前死亡的高台上那最後的君王的自負，尊貴與榮耀。

人判決了另一個人的死亡，同時也就判決了自己的死亡。

我用最緩慢的速度走上我死亡的高台，我要讓那速度慢到足以在歷史上留下痕跡。

我要讓人們經驗自己走向死亡的過程，從充滿了怖懼、孤獨、傷痛、冤屈，到逐漸發現，一旦你膝蓋的關節不再顫抖，連帶的，你就會重新找到有力的大腿，有力的臀骨，有力的腰，以及挺直好看的脊椎和肩膀。

最重要的是頸子，當然。

不要忘了頸子是要承擔巨大的刀片劃過的地方。它最柔細，如同偉大的天神宙斯轉化成天鵝的形貌去與美女們交會。你看過，偉大的繪畫或雕刻中的宙斯，從最陽剛巨大的天神轉成頸部柔軟如水的天鵝，他依偎在女子胸前、腿股間，他知道只有頸子是真正能夠超越猥褻和淫蕩的。

因此，當一名臨終的君王要向熱愛他的群眾們頷首示意時，他就必須充分知道頸部旋轉中可能傳達的眷戀、告別、一點點孤獨以及悲憫。

群眾們都要昏厥了。

群眾們只有在推翻了君王之後，才有機會看到自己的愚蠢、貪婪、軟弱與虛偽。

N·J，你不要誤以為我在為那些臉色慘白的如鬼域中的親族們辯護。

不，絕不，他們是理應從權力中被驅逐的。他們並不知道什麼叫貴族的榮耀。他們在屁股上裝起鯨魚骨製的裙繃，把裙子撐得圓鼓鼓時，他們不知道貴族真正的含意並不在臀部。

然而，多麼難理解的事啊！

在一個孤獨的城市中，一群一群的人走過，彼此微笑、爭吵，互助或殺伐。他們的目的都是為了一個更好的城市的秩序。

他們說「民主」、「自由」，他們說許許多多與城市未來有關的制度與道德，關於女子不再以下體營生，關於男子與男子相愛的可能，關於城市如何避免外來的侵略，關於人們富有起來以後慾望的疏導，關於在更多城市角落少數族群被抑壓的痛苦——

當一只頭顱被高空滑下的巨大刀斧砍斷，這顆頭顱和那些尚留在頭上的轉動自如的頭顱，都還有思考的餘地嗎？

N·J，你一定猜想不到，其實我才是這個城市革命行動的主謀。

是的，一次徹頭徹尾的革命。

比攻陷領袖的辦公室（多麼小兒科），比在街頭上用雞蛋投擲閣員，比散布組閣者在美國豢養男妓的謠言，比——比砍掉一個君王的頭顱——都更是一場天翻地覆的革命。

N·J，我親愛的，我一定要帶領你參與這樣一場大革命。

如同羅馬的尼祿王以焚燒整個羅馬城做為他藝術創作的顛峰。是的，在華麗的歌劇院含淚聆聽大胖子帕華洛帝唱《奧賽羅》的那些混混，哪裡能夠體會尼祿王在歌聲中看城市毀滅的壯觀雄偉。

我們的美學在逐漸腐敗墮落之中。

我們的美學在庸俗的商人謀劃與大學偽善的中產階級交相引導下已毫無生命的活力。

你相信那些談著各種人生指導方針的人不在私自的角落手淫以求自慰嗎？

因此，我偷偷地告訴你，我的革命正是要瓦解掉這城市累積了數千年的偽善。

不，絕不是「批判」，把這樣令人作嘔的字眼留給那些自命為文化理論的學者和妖嬌女記者們在交媾時去討論吧！

我說的是「瓦解」與「顛覆」。

如同普魯斯特說的：「我愛貴族與工人。」

中產階級是最不可能革命的，他們也從不會想到要顛覆自己或瓦解自己。

普魯斯特熱戀他的車夫，你想，社會學家會關心那件同性戀的醜聞中是否有階級瓦解的顛覆性歷史主題呢？

但是，我的革命中當然也包含了養壞中產階級。「養壞」——注意，使他們吃得更胖，使他們更貪得無厭，使他們手指肥圓，滿面油光地頤指氣使，使他們在穿著衣飾上更粗糙難看，使他們的別莊充斥著昂貴而又毫無文化品質的垃圾……

他們將是我顛覆這城市最精彩的藝術品。因此，千萬不要誤會，我一點都不仇視他們，相反的，我熱愛他們，我知道有一天我將和他們一起在這座城市中毀滅，瓦解我自己，顛覆我自己，我要看到真正新階級的自我完成，如同M君在上世紀的期待。

因此，你說，我是不是一個真正的革命者呢？

我以普魯斯特說的貴族和工人融合成新階級的優美品質。

我將試著焚燒這個城市，在火光中淬鍊它成美麗的藝術品。

然而，我知道，我還要更細密地瓦解我自己，我還要更徹底地顛覆我自己。

在我的頭顱從高高的台上滾落地面時，N·J，我看到這城市在孤獨中開始有了一點點高貴的品格。

而因為孤獨的緣故，人們會彼此靠近，彼此安靜下來聆聽別人的心事。因為孤獨的緣故，他們有比較沉著潔淨的面容，彼此在依靠中溫暖對方。

那時，遺落在這城市任何一個角落的我的頭顱，仍會記念著你，記念著你年輕美麗的身體，你如陽光般燦爛的笑容，你奔跑如馬的速度，你沉酣時如嬰兒的眉宇，以及你思考時略帶憂愁的神氣……

N·J，我當然是因為你才熱愛這個城市的。

我想擁抱你，但我已沒有了軀體，我只有用一只砍斷的頭顱努力在這城市的孤獨中思索擁抱的意義，思索那在虛空中掙扎著想要擁抱的意念，然而——我卻沒有了軀體，沒有了手腳。

梁鴻業／攝影

天氣到最炎熱的時候，那隻平時聒噪饒舌口吐人語的鸚鵡忽然昏倒了。牠被人發現摔倒在木製的支架旁，全身一陣痙攣抽搐；發現的人正試圖施以急救，不幸鸚鵡發出了最後三個清晰的人語之後，從此就僵斃不動了。

鸚鵡在多少度的高溫下會昏倒休克死去？目前在生物醫學界引起了熱門的研究和討論。

「這種屬羽種的生物，一般說來是耐炎熱的。」A醫師擦拭著額上的汗水，有些不解地搖搖頭。

「而且——」他仔細觀察鸚鵡的脅翅，嘗試把它們拉開。但是，似乎肌肉已經僵硬，A醫師不敢用力太重，試了幾下便放棄了。

「而且，」他於是在診斷紀錄上寫著：「羽類生物在極度炎熱時會張開雙翅，使翅翼下的皮膚發生排熱的功能。但是，這隻鸚鵡在昏死休克之前，牠的雙翅是夾緊的。依據牽動雙翅的肌腱顯示，牠絲毫沒有借撲搧雙翅來減低身體熱度的跡象。」

「C'est bizarre!」

寫完紀錄，A醫師似乎有點疲倦地靠在椅背上。

「C'est bizarre!」他喃喃自語著。

A醫師早年留學法國，恰恰好是孔德實證論流行於生物研究界的四〇年代。在多次臨床經驗中遇到不可解的難題，他就不自主地陷入沉思，喃喃著一、兩句法國人的口頭禪。

他的助手K正站在椅背後方。K茫然地望著那已經僵死然而依舊羽色鮮豔的鸚鵡的屍體。

「可以把身上的顏色誇張成這樣，真是一個愛炫耀的傢伙。」K這樣想。

但，事實上，比彩色的鸚鵡更吸引著K的注意力的是A醫師那已經有點稀疏了的灰白的頭髮。

顯然，年輕的K是暗自愛戀著A醫師的。

K在大學醫學院讀書時是A醫師的學生，以後分發實習也一直擔任A醫師的助手。他被A醫師縝密認真的研究態度及永遠溫和不急躁的表情所吸引，產生了愛慕。

這種從世俗角度看來可能畸形的愛慕，當然曾經困擾過年輕的K，有過自責、深重的罪惡與羞恥的掙扎；也藉著和美麗嬌憨的杏子來往，試圖轉移自己性的傾向。

但是做為一名醫學研究的科學工作者，他深受A醫師理性思考的影響，以為任何混攪著情緒和主觀臆想的行為在科學研究上都是發現真理的障礙。

「罪惡與羞恥，甚至自責吧，都對科學的研究於事無補。至於美麗的杏子呢？她也只是逃避真實自我的一個犧牲品吧。」K在日記上這樣寫著。他也嘗試用修習過的精神心理學一類的方法來分析自己，諸如他的早年喪父，母親個性強悍，這種母子獨居的結果是否產生了他對父愛的渴望與性的交錯而投射在A醫師的身上呢？

嘗試用自己學習的專業來解剖內在糾纏不清的心理世界，K努力使自己保持高度的客觀與冷靜，細細地檢查每一個在自己成長中可能被找到的相關的具體事實。他的這種訓練顯然來自A醫師。A醫師無論在教學的理論分析或臨床研究上一向不放過任何一個細節。他常常重複的一句話是：「知識使人有判斷力，可是，知識通常也構成偏見。檢查偏見的最好方法還是回到事實本身。」

K在檢查自己時便不時在腦海中浮起A醫師的這句話。

「但是，什麼是『事實本身』呢？」

K躺在白色的床單上。他那因為喜好游泳而曬得黑褐深色的身體完全赤裸著。

他從視線可以俯看到的胸部開始檢查。他也用手撫觸從頸部到肩膀的弧度。有些地方鬆弛柔軟以及有些地方顯然因為運動而膨脹緊張、富有彈性。肩部到臀部有著特別凸起的渾圓而且結構清楚的肌肉的脈絡。

他細數兩排隱約在胸肌下面的肋骨。他覺得自己的手指彷彿可以是閃著冷冷的金屬光的解剖刀，一一劃開了深褐的皮膚，一一張開了肌理複雜的組織，把看來糾纏不清的筋脈、皮膚一一歸類清楚之後，更展現了如玉石或象牙一般有著優美弧度的略微彎曲的一根根肋骨。

「『優美』二字也許是違反『事實本身』的。」K有一點頑皮地這樣想：「A醫師會不贊同的吧。」

「展現了有細微彎曲弧度的肋骨。」他修正了自己的敘述。

被肋骨包圍的體腔是一個如燈籠結構的空間。用脊椎和兩排對稱彎曲的肋條做成支架，支架上再包覆著均勻的肌肉和皮膚。這一個精細完成的空間，是為了保護和容納幾件珍貴而且脆弱的器官。肺葉在這裡呼吸，心臟像一個幫浦，牽動著血液的循環，胃在蠕動，肝和膽彷彿沉睡著，但是又像是靜靜的港灣，呼應著潮汐的漲退。

「那是一個何其黝深安靜然而又充滿著律動機能的密閉的空間啊！」K想起了那在解剖時埋首於屍體的體腔內的荒謬之感，那在黝暗的、停止了一切機能的體腔內閃著冷冷的金屬之光的刀背、刀刃和刀鋒。那個不再為了燃亮燈火的燈籠、空空的卻又仍然黝深的框架，卻任憑金屬刀鋒的冷光來去自如。

「我只是一個不可救藥的濫情者吧！」K這樣自嘲著，他發現幾天在海邊的度假，不僅使他全身皮膚曬成了深褐，他也遠遠離開了A醫師那理性的科學的縝密程度。他檢查自己有關人體體腔與燈籠的譬喻，立刻發現其中充斥著情緒和主觀的臆想。

「呵！呵！」有一次A醫師這樣笑著說：「寫詩的部分和你做一名醫學研究者的部分不相衝突嗎？」

A醫師在報紙副刊上看到一首K新近題名為〈沙丘〉的詩作，難得地離開了工作的主題，回頭半詢問半調侃地看了一下靦腆的K。

K羞赧地笑了。他彷彿覺得A醫師發現了那隱祕多年的自己的愛慕。心跳的速度和忽然熱起來的耳根使他第一次感覺著祕密被窺探時的恐懼和期待。想去遮掩這個祕密和想去揭露這個祕密的願望都同樣強烈。

但是，A醫師並沒有繼續這短促的詢問。他隨後又回到研究中去，埋首於那棘手的有關鸚鵡熱死的難題。

K則把被A醫師隨手棄置的報紙副刊偷偷摺疊起來，悄悄地放進工作服的大口袋中。他從站立的位置可以俯瞰到A醫師稀疏而灰白的頭髮，「理性、冷靜、客觀、智慧，一個被最好的人文教養訓練成的學者。」助手K不知是讚美或是無奈地輕輕嘆了口氣。

A醫師灰白單一的頭髮和鸚鵡死屍鮮豔炫耀的多色彩形成強烈的對比。

「一個研究者，一個是被研究者。」助手K無端地這樣想。他忽然對這隻鸚鵡發生了厭煩之感。「一隻平時聒噪饒舌的鸚鵡，牠從來沒有過自己的聲音，只是重複著人類的語言。」助手K也不知道自己服務的這家兼帶生物研究的醫院為何如此熱衷於鸚鵡之死，而A醫師更是廢寢忘食埋首於這項研究。

「為什麼你們不追蹤有關鸚鵡死前說的三個字是哪三個字呢？」杏子因為在報社做了記者，介入了鸚鵡的採訪已有一段時日。她其實不太了解A醫師過於專業化的分析，並且基於報社的要求，這條新聞盡量要以聳動的方式處理，便常常提出一些她覺得比較關鍵的推理疑點。

「不，杏子——」K向她解釋：「鸚鵡並沒有『說』那『三個字』。牠只是發出了三個聲音——」

「那有什麼不同，你只是玩文字遊戲。」杏子蹲俯在床上裸露著小小的乳房。

「不，杏子，這是不同的。鸚鵡只是模仿發聲，可是，這些發聲的符號對牠沒有意義，並不是語言。語言是用發聲來表達思想和情感。所以，鸚鵡只是模仿人類發出了三個聲音。」

「唉唷！都不知道你們在說什麼——」

杏子嬌憨地抱怨著。她是一個健康的女子，思想單純，但是胴體美麗。她十分善用屬於女性部分的特徵，諸如撒嬌、嫵媚、惹人憐愛……等等。她也本能地直覺著K對她的情感周到體貼中少著什麼，她說不清楚，但是她也並不想深究，對於她而言，和一個身高一七八公分、醫學院學生，寫詩的K在一起，似乎是一個可以滿意的事情。至於在性的交往中，K的時而異常冷漠或時而異常暴虐的狂野，她雖然不解，也只是以為是世界上諸多不可解的事之一，沒有理由，甚至反可以解釋為是K的獨特「個性」而滿意地接受呢！

K對杏子則有許多的抱歉之感。他覺得在杏子的胴體和A醫師的白髮覆蓋的頭腦之間沒有相對等的東西。

他在白色的床單上俯看自己的裸體時也只是覺得兩排肋條圍攏的空間那麼像一個空洞的燈籠的框架。

「那麼，肋條以下為什麼是那麼薄弱的部分呢？」

K瀏覽著胸肋以下顯然平扁下去的腰腹。失去了骨骼框架的撐持，腰部像隆起的沙丘忽然斜緩下來。圍繞著肚臍的四周，有細密如沙的腹肌的紋理匯聚著。好像沙被和緩的風吹散，均勻地布置成起伏平均的線條。細密的體毛也像沙，極有秩序地旋轉著，在風的不同的吹向中匯聚成濃密的草的丘阜，而在那濃密中沉睡著不可思議的男性。

「我的身體——」K這樣想：「我的身體，如果在實驗室的解剖台上一一分解了，除了可以證明的毛髮、骨骼、肌肉、皮膚、一些碳水化合物的組合之外，還有什麼其他的東西嗎？」

他看著自己在白色布匹上深褐的身體，因為年輕和運動，保持著肌肉的飽滿，每一條肌腱的走向都十分清楚，每一條肌腱的膨脹收縮都牽動著另一條肌腱。K想像著醫師拿著講義站在他的面前。

「我對他而言也是一具可供研究的身體吧。」

K以近於淫猥的心情看著A醫師。他撫愛著自己從胸肌到腹部那平緩細緻起伏如沙丘的身體。他撫觸那沙粒的細密、灼燙，感覺那沙與草交織的秩序，以及在那濃密的草的丘阜中逐漸甦醒起來的男性，昂揚而憤怒地四顧著。

「這也是『事實本身』吧！」

K有點委屈地這樣想。

做為一名認真的科學的見習生，他卻以性慾褻瀆來自於A醫師長年影響他的理性、冷靜、客觀。他的肉體上的亢奮混合著羞恥與罪惡。他的背叛不是對A醫師本身的，而是覺得背叛了科學，「背叛了那個叫做孔德的傢伙的實證主義吧。」他頹喪於自己的亢奮和純然生理上的騷亂。他如此清楚地知道那亢奮只是幾條充血而膨脹乃至堅挺的海綿體的機能反應，而那顫動的從高潮到迷狂到虛空一片的變化也都可以放在解剖台上一一分析為「事實本身」的吧。

「這都是『事實本身』。」

他靜靜望著深褐色的身體上有一些發著亮光的液體，彷彿在暗黑的大地上流淌的水的反光。

「那是一點分泌物。」他這樣想。

「眼淚罷，或者汗，都是分泌物。鼻涕、尿、精液、唾液，從人體的不同部位排泄出的分泌物有不同的名稱。一般說來，人類習慣於把不同的人體分泌物界定為道德上不同的歸屬和象徵，例如，眼淚是憐憫、悲哀、痛苦——或者，一種複雜的喜悅，好像『喜極而泣』吧。眼淚這種分泌物似乎是人類最高貴的分泌物。杏子說，我在做愛時會流淚，她說，好幾次她的臉頰碰到冰冷的淚水，使她因為疼愛而更擁抱緊我的身體。」

「可是，杏子，除了淚之外，其他的分泌物呢？」

「汗代表著炎熱、運動、勞累，或者發燒……」

「尿呢？似乎沒有人喜歡尿這種分泌物，它只是骯髒的排泄物吧！鼻涕和唾液也都不乾淨。」

「只有精液，似乎是最難歸類的分泌物。在道德的界定上它可以從神聖到猥褻，從莊嚴到下流，從最精神到最肉慾，它極潔淨，又極汙穢。」

那安靜的流淌在褐色大地上一條蜿蜒的水的反光，詩人的K和科學工作者的K一同看望著。他覺得在詩和科學的領域都沒有找到有關精液的歸屬。只是，在顯微鏡下看過那成千上萬的精蟲的蠕動，使他在那安靜的流淌中看到了生命本質的騷動。盲目的、絕望的，然而又努力求活的千千萬萬隻精蟲，在不可能生殖的情況下驚人地游動亢奮著。

「它們的絕望真是動人！」他在極度自慰後的頹喪中這樣告訴自己。「人在道德上的努力也經常只是一種精神上的自慰吧。憐憫、悲哀、痛苦、猥褻，或者愛，只是不同名稱的精神上的分泌物而已嗎？」

K在度假歸來以後，發現A醫師的實驗室的門緊緊關閉著。K站在門口猶疑了一會兒。看看手錶，這個時間A醫師是從來不曾缺席的。杏子從極遠的廣場的另一邊跑來，還帶著報社的攝影記者，高高舉著那裝備著鎂光燈和自動絞片馬達的器械。

K忽然明白了，也便轉身狂奔了起來。

天氣炎熱到可以使所有屬羽類的鸚鵡熱死休克。A醫師終於印證了他科學的堅持，不但發現了那彩色炫耀的羽毛下驚人的祕密，也因為助手K的離去度假，他有機會從杏子口中直接聽到有關鸚鵡死前三個人語發聲的猜測，使他恍然大悟。

在整個城市布滿警車的狀況下，約略可以了解包括杏子和K和攝影記者在內都還沒有彼此找到，他們只是在擁擠的城市中盲目而絕望地努力彼此尋找著對方而已。

只有A醫師聽不見這些聲響了。他靜靜地躺在實驗室的地上。門是反鎖的。將來開啟這扇門的人一定好奇於是誰從裡面把門反鎖了。A醫師身體的四周散滿了凌亂而依然是色彩美麗的鸚鵡的羽毛。只有羽毛，牠的身體呢？A醫師不可能告訴任何人了。他在奇異不可解的猝死之前似乎想要寫下一點什麼。有人將會從他手指劃過地板的一些並不清楚的跡象上去猜測他想要解開的一些謎題。然而那跡象太不清楚了，以至於將使許多人徒勞無功。也許杏子是可以解開謎題的人，因為她的報社要求她聳動地處理這條新聞，她終於可以宣布，A醫師在地板上寫下的字正是鸚鵡在熱死前發出的最後三個聲音，但是，A醫師用的不是漢字，而是一種拼音——Hou-Xian-Dai，當然，因為鸚鵡是沒有思想的，牠只是模仿這個城市中流行的一個辭語而已。

任容／攝影

婦人明月的手指

她依舊專注在手指被斬斷那一剎那，
那離去的手指如何感覺到一疊
厚實的鈔票的雖然短暫但非常真實的感覺。

婦人明月從中小企業銀行中提領了六十八萬元，才走出銀行就遭遇了搶匪。搶匪的動作非常快，明月猝不及防，一疊厚厚的鈔票已在搶匪手中了。

明月先是一愣。在一剎那間，以前從報紙、電視上看來的關於搶劫的種種全部重現了一次。但是，她畢竟是一個強悍的婦人，一旦反應過來，立即奔跳起來，三兩步追趕上了搶匪，向搶匪頭上重捶一記，隨即緊緊抓住那一疊厚厚的鈔票，如母親護衛失而復得的兒子一般，再也不肯有一點放鬆。

搶匪與明月在熱鬧的大街上拉扯一疊鈔票的景象引起了一些路人的旁觀。搶匪是一名三十餘歲黝黑健壯的男子，他或許覺得在眾目睽睽下與一名婦人拉扯的羞恥吧，因此露出了惱怒凶惡的表情決定嚇唬一下這不知好歹的婦人。他的左手仍然緊抓住鈔票，右手已迅速從靴筒中抽出了一把鋒利的開山刀。

「啊！」

圍觀的群眾看到了凶器，一哄而散。唯獨一名八、九歲的兒童，手上拿著一把玩具衝鋒槍，忽然興奮了起來，按動機關，衝鋒槍便噠噠噠噠向搶匪掃去。

搶匪一腳把小孩踹倒，回過頭來，向婦人明月大喝一聲：

「還不放手，找死啊！」

看過許多警匪片的婦人明月對於這樣千鈞一髮的時刻反倒有種十分不真實的感覺。她驚懼地看著距離自己雙手只有幾公分的鋒利的刀刃，已完全失去了主張。

這個城市其實還沒有冷漠到看婦人明月被搶劫而不加援手的地步。在遠遠的街角的公用電話亭，已經有人悄悄地打一一九報案了。

但是搶匪已被激怒了。他似乎已不完全是為了搶錢，而是覺得婦人太不給他面子，便下了狠心，一刀砍下，斬斷了婦人明月的幾根手指。

最先斬斷的是婦人明月的左手的三根手指。血流如注，一疊千元大鈔的藍色票面頃刻染得殷紅了。

婦人明月也許是嚇呆了，並沒有立刻放手。這更激怒了搶匪，便狠狠剁了幾刀，彷彿在砧板上剁斷豬的強硬的腿骨一般，使婦人明月一時失去九根手指和一部分的手掌。

婦人明月因此眼睜睜看著自己的手指黏在一疊厚厚的鈔票上被帶走了。搶匪臨走時還罵了她一句：「死了沒人哭的！」便跨上摩托車，向西邊逃逸而去了。

「我的手指——」

婦人明月仔細再檢查一次。果然，除了右手大拇指還在之外，其餘的九根手指都只留下殘缺不全的骨節，一圈血紅的印子，尚自滴淌著鮮紅的血。

有幾個膽大的路人又開始逐漸圍攏來觀看，看到婦人失去了手指便搖頭惋惜著。

「損失了多少錢呢？」

「六十八萬。」

「啊！唉！」

路人們有著對失去手指和失去錢的不同聲音的嗟嘆；但最終都覺得愛莫能助，無奈地離去了。

「發生了什麼事嗎？」

一個穿大學制服，模樣規矩的男生走上來問：他是這條熱鬧的街道上少數不匆忙的路人。

「我的錢。」

婦人明月開始哭泣了起來，她逐漸感覺到手指的痛了。

「你慢慢說啊，哭是無濟於事的。」大學生安靜地看著婦人明月。

婦人於是訴說著整個事件的過程。這也是事件發生之後她有機會第一次清醒地回憶和整理整個事件的過程。

她說：「那個歹徒一定尾隨我很長時間了，因為我在股票上賺的錢存放在這間銀行的事，是連我的丈夫都不知道的。」

她又敘述了有關歹徒可能有接應的合夥人，因為在恍惚中她還依稀記得有人持衝鋒槍衝散了前來搭救她的仗義勇為的路人等等。

「他不只是要搶錢唉，他還用開山刀把我九根手指都砍斷了。」婦人又哭泣了起來。

「手指呢？」

大學生低頭在地上看了一遍。

「黏在鈔票上被帶走了。」婦人說。

「唉，可惜——」大學生惋嘆地說：「現代醫學接肢的成功率是很高的。」

「可是——」婦人覺得被責怪了，她便告訴大學生有關切斷的指頭在鈔票上緊緊依附著的感覺。

「那是不可能的！」大學生堅決地否認。他說：「神經中樞切斷了，手指是不可能感覺到鈔票的。你知道，古代中國有斬首的刑罰。頭和身體從頸部切開之後，究竟是頭痛呢？還是頸部會痛？」大學生示範做了一個砍頭的動作。

「可是，手指緊緊黏附在鈔票上啊！」婦人顯然對斬首以後頭痛還是身體痛的問題並不感興趣，她依舊專注在手指被斬斷那一剎那，那離去的手指如何感覺到一疊厚實的鈔票的雖然短暫但非常真實的感覺。

「Well——」大學生聳聳肩，他決定這是一個沒有知識的婦人，沒有經由教育對事物有客觀查驗與證明的能力。他心裡雖然充滿同情，但是不打算再浪費時間繼續做無意義的辯論了。但是，他也不願意草率離去。他基於對自己一貫做事認真的訓練，覺得不能因為情緒而動搖。「出發於情緒好惡的離去，不應該是一個理性社會的知識分子所應有的行為。」他這樣告誡自己。

大學生因此決定替婦人明月招攬一部計程車，並且指示司機，把婦人送到城市的警察局去報案。

「報案是進行法律追訴的第一個程序。」他這樣和婦人叮囑完畢後，才告別離去。

計程車司機是一個壞脾氣的人。他發現婦人手上流的血弄髒了後座的椅墊，便十分憤怒，頻頻回頭責罵婦人。

「太沒有道德了。」他說。

「這一整個城市都太沒有道德了。」

「這樣下去這個社會還有什麼希望呢！」

「你看！他媽的×！紅燈也闖！」

他後來責罵的內容大半與婦人無關，可是婦人明月還是不斷哭泣著。婦人想起電視連續劇中命運悲苦的女性，遭粗暴酗酒的男人毆打、遺棄，便是這樣倚靠著一個角落哀哭泣著，也不敢發聲太大。特別是因為壞脾氣的司機一再喝斥她不准弄髒了椅墊，她只好一直高舉著斷指的雙手，而那未被砍去的右手大拇指突兀孤獨地豎立著，使她特別覺得自己的樣子一定十分滑稽可笑。這個原因也更使她遏抑不住嚶嚶哭泣不止了。

相對於司機而言，婦人明月遇到的城市警察是和藹得多了。警員比婦人想像中年輕，穿著淺藍色燙得筆挺的制服。在城市犯罪案件如此繁雜的狀況下，穿梭於各類告訴紛爭的警察總局的大廳，他猶能保有一種安靜，而且禮貌地攙扶著婦人明月受傷的手。

婦人明月被安排在樓上一間小而安靜的房中坐下，警員倒了水給她，便坐在明月的對面詳細詢問起案情發生的始末。

警員顯然受過非常專業的刑事處理的訓練，他詢問案情的細節到了使婦人都感覺著敬佩了。例如，他竟然問起關於失落的九根手指的指甲上塗染的指甲油的顏色。

「蔻丹的顏色。」他最初是用「蔻丹」這個詞。可是似乎明月沒有聽懂，他才又重複了一次：「指甲油是什麼顏色的？」

「紅色啊！」婦人回答。

警員便從資料櫃中抽出了一本貼著各色色紙的色譜，翻看了一回，又拿其中的幾頁，比照著明月僅留下的一根大拇指上指甲油的顏色核對了一下，等完全確定了才把色譜的頁碼編號記錄在檔案上。

「M186。」他在檔案上寫著。

「那是紅色的代號嗎？」婦人問。

「紅色並不準確。我們用編號來分別不同紅色（例如，棗紅、粉紅、猩紅、紫紅……等）色系的差別。這是可以在電腦中建檔分析的。」

警員並且把整個紀錄一無遺漏地複述一次給明月聽，謹慎地要求她檢查每一個細節是否都無違事實，最後才讓婦人在紀錄上簽了字。

之後，警員便陷入了沉思之中。過了一會兒，他才向婦人報告。

他說：「六十八萬元，我們會盡量為你全力追回。在這個逐漸墮落的城市裡，你知道，夫人，六十八萬元是很容易花完的。」他停了一會兒又說：「一百萬元以內的搶案最近發生得很多，我們這裡有幾宗紀錄。」警員拿出厚厚一冊卷宗來，翻了幾頁，他指給明月看：「你看，一宗是用搶劫的錢買了一張高爾夫球場的貴賓卡。有幾宗是簽賭了大家樂（這一類的案例最多）。還有一宗是買通沿海漁船運送異議分子入境的。當然牽涉到政治案件的搶劫數目都比較大，動輒數千萬，大多不在這百萬元內的卷宗紀錄上。」

「啊——」他在一宗案例上停了一下，而後向婦女明月說明：「這一宗是最奇特的。一個詩人用三十五萬元的贓款出了一本詩集。」

「他判刑了嗎？」婦人問。

「是的。可是很輕，幾個月的拘役就保釋出獄了。因為檢察官調查出他的動機是出於嫉妒；而嫉妒在這樣的城市中是非常可以原諒的罪，因此從輕量刑了。」

「你想——」婦人著急了起來，她說：「這些線索會有助於我的案情的偵破嗎？」

「是的。」警員一貫著篤定的語氣，他說：「我們分析每一宗案例，做過非常科學的分析。歸納之後輸入電腦，以數學上的或然率的比值來追蹤新的案情，甚至預估尚未發生的犯罪案件，成功率高達百分之八十七點零九。」

警員肯定地向婦人點頭。

婦人明月很開心，她幾乎想鼓掌。可是才舉起手，才發現那唯一獨立著的一根大拇指豎立著，彷彿一個讚美的姿勢，她又掉進失落手指的悲哀中了。

警員也立刻發現了這點，他憂慮地說：「是的。麻煩的是你失去的手指。我們以前沒有前例，在破案上會有困難。」

「沒有希望嗎？」婦人哀傷地看著警員。

警員沒有回答。他在筆記上畫了一隻狼犬。這是他心中的祕密，但他不想太早讓婦人知道，這或許會有礙於破案。

「一個謹慎的破案過程，是需要非常多紀律的。」他這樣回想學校上課時教官們的教誨。

婦人明月探頭一看，警員在紙上畫了一隻狗，她想警員是對她感覺到無聊了，便頹喪了起來。

婦人被送回家之後，警員繼續把筆記上的狼犬畫完。他想：「當警局中的人員出動追回鈔票時，狼犬們將在城市的每一個角落搜尋婦人手指的下落。」

「你認為手指和鈔票是應該被分開處理的嗎？」當警員向上司報告他的計畫並請求支援時，上司這樣回問他。

「是的。」警員筆直地站著，大聲地說：「鈔票通常在高爾夫球場、大家樂、走私漁船和競選活動這些線索上可以追尋出來，至於手指，則大約是被遺棄在骯髒的垃圾場、廢河道、平價住宅的後巷——」

「好，那麼就開始行動吧！」

上司在警員離去之後，聽到巨大的月亮升起在城市的上空，無數咻咻的狼犬的叫聲，十分淒厲的、在四面八方的巷弄中流傳著，牠們要找回婦人明月遺失在這城市中的九根手指。

李文吉／攝影

舌頭考

遠古之時，由於生殖的需要，
當雄性兩棲類努力發展牠們的陽具時，
雌性便夙夜匪懈地鍛鍊著牠們的舌頭。

婦人的舌頭一般較為扁薄，在進化為人類之前的兩棲動物時期，這種形狀的舌頭有助於產卵，當牠們游走於沼澤四處時，常常把蘊藏於腹部下的卵（數量多得驚人！）利用扁薄如鏟的舌頭——撒播在附近可以攀附的水草枝葉上。

這些卵，經過日光長期照射孵育，不久就在水草枝葉上蠕動著數以千計的兩棲動物的幼種。牠們攀附在蘆葦或甜根子草的草脈上，張開羞怯的細小的眼睛四下環顧，並且膽怯地伸出了尚還無力的稚弱的前肢，試探了一下沼澤中泥濘的狀況。

這些幼小的兩棲類很快學會了用和身體等長的尾巴游走於泥濘之中了。牠們對那柔軟的泥汙和布滿各式蟲類的熱鬧的環境十分滿意。因為對生之經驗本能的喜悅吧，這些幼小的兩棲類不自禁地張開了口，對著晴朗的天空發出「嗚！嗚！」的快樂的鳴叫之聲。

發聲之時，牠們突然發現自己口中竟然擁有一條奇異的舌頭。牠們並且立即注意到這條舌頭靈活的程度遠較身體的任何一個部位都高。反應靈敏的幾個看到附近有蚊虻飛過，便閃電般伸出「如簧」的舌頭（注：「簧」是樂器上發聲的簧片，這是牠們進化為人類以後追憶來形容舌頭的，如：鼓如簧之舌。），迅雷不及掩耳地把蚊虻一股腦兒捲入口中。這個動作速度非常快，蚊虻還沒有覺醒，已被兩棲類濕黏的唾液裹死，瞬間掉入一個再也不能見天日的黑洞中去了。

據說，舌頭的高度發展與兩棲類的進化為人，有著密切的關係。或者，應該說，兩棲類以舌頭產卵布卵的功能特質，使舌頭與生殖互動，因而牽動了兩棲類向人類進化的可能。（這一點過程較為複雜，我們還是從頭說起吧。）

在兩棲動物時期，由於草澤中生存經驗的艱苦，兩棲類雖然可以輕易地吞噬蚊虻，自然也有遠較兩棲類強大的生物可以輕易吃掉兩棲類。兩棲類遭毀傷的數目非常大，因此，生殖繁衍以維兩棲類種族的不至於絕滅，這一目的就幾乎成了種族生存的最高目標。

大約稍待兩棲類發育長成，立刻可以發現急切進行生殖行為的強烈需求。雄性兩棲類高舉著巨大的陽具，從草澤中爬上較乾燥的陸地，向每一個路過的（地面本來是沒有路的，因為走的動物多了，就走出了路來。）同類誇示自己為了擔負種族傳衍使命而變得赤紅的性器官。牠們甚至向空曠的莽原發出近於淒厲的求偶的吼聲，有時聲淚俱下，傳訴著種族即將瀕於絕滅的悲劇感。

「生命的意義在創造宇宙繼起的生命。」兩棲類進化為人類之後，也曾經把原始粗獷的生殖本能修飾為這一類典雅的辭句。並且以石碑銘刻，立於城市各處，以為鼓勵後來者的訓勉。但是，由於辭句過度修飾，美則美矣，在語文教育日漸低落之後，已沒有太多人能解釋這抽象的句子。大部分失喪了陽具能力的男子，行走過這一類訓示牌下，也很難有機會體會先哲教訓的原始本義了。

總之，遠古之時，由於生殖的需要，當雄性兩棲類努力發展牠們的陽具時，雌性便夙夜匪懈地鍛鍊著牠們的舌頭。

當雄性發展他們的陽具時，我們，親愛的姊妹同志們，我們應該致力於鍛鍊我們的舌頭。

最近一派學界的研究於是證明，兩棲類進化為人類，最大的關鍵就在於「女性意識」的覺醒。而雌性兩棲類以舌頭產卵布卵的生產方式，在加速兩棲類的生殖功能上，不但與雄性並駕齊驅，而且更為快速地使雌性在進化為人類的歷史上搶先了一步。

這些觀點絕非憑空捏造，主要是來自先進國家在人體學上的新進報告的論證。

一九八〇年初期，聯合國文教組織一個全球性的生物考古小組在南美進行調查發現了一具遺骸。經過碳十四的年代報告，是距今一千七百萬年以前的雌性生物。不多久，這具被命名為「喀達馬利吉蘭草澤區遺骸」的研究即在世界各地引起了熱烈的研究，因為，大部分資料顯示，這具遺骸是最早具備人的直立雛形的兩棲類。

這個重大的發現引起了在生物學界和人種學界嚴重的爭論。陸續發表的學術論文竟然歧異極大，一派認為這具遺骸充分顯示牠仍屬兩棲類動物階段（這可由牠的尾骨的存在來證明）。另一派則堅持這具遺骨已有明顯站立的痕跡，以脊椎往直立發展的人類進化程序來看，應屬人種學研究的範圍。

一位來自波羅的海愛沙尼亞大學的人種學教授烏里茲別克更以為，這恰恰是勞動生產習慣改變物種的最好證明。他並且極力攻擊來自紐約、洛杉磯為主的飽食的學術蛋頭們，責備他們罔顧人類生存的艱辛，蒙蔽歷史真相，以至於將人類史上第一位經由勞動誕生的「高貴女性」（引自原文）誣指為「兩棲類」。

烏里茲別克教授在芝加哥的一項學術討論會上宣讀他的論文，論文的全名是：《論喀達馬利吉蘭草澤區遺骸中勞動改變物種可能之證明及人種學理論的新詮》。

他以圖繪的方式試測了幾種有關這具「女」性遺骸的站立姿勢。一種是以尾部和兩個後肢支持身體站立；一種是純粹僅以後肢站立，尾巴並不負擔承載身體的功能。他希望後者的論證能更充分，因此全力放在這具遺骸尾椎部分的研究上。

烏里茲別克教授最主要的論證在於，雌性兩棲類以舌頭產卵布卵的勞動改變了物種。他說：

「在漫長而艱困的生存競爭中，為了使種族不至於絕滅，雌性兩棲類不斷以扁薄如鏟的舌頭來撒播腹部的卵到可以借日光孵化的水草枝葉上去。這種反覆的動作不但使雌性兩棲類的舌頭越來越長，更重要的——」烏里茲別克教授強調地說：「舌頭與腹部長期圍繞著生產的勞動，逐漸改變了雌性兩棲類的脊椎結構，而為了使卵分布到較高處的強烈願望，更促使雌性兩棲類的脊椎不斷往直立發展。」

烏里茲別克教授以許多張透視遺骸尾椎細部的X光片來證明，這具喀達馬利吉蘭草澤區遺骸的尾椎已明顯有了凹槽的銜接的變化，這說明了脊椎已經直立，因為脊椎只有在直立狀況下才會經由壓力而發生凹槽。

在會場宣讀論文時，烏里茲別克教授額頭不斷冒著冷汗。他為自己在學術研究上重大的發現感動不已。他也預期著這研究的結論將如何震驚世界人種學的研究，與會各國的代表將如何向他熱烈歡呼呢？

可惜會場的反應完全出乎他預料之外。他的結論一出，全場譁然。來自紐約、洛杉磯的學者更因為這篇論文中對他們語涉諷刺，紛紛脫下皮鞋，在會議桌上敲打了起來。

烏里茲別克教授呆立在發言台上許久，漲紅了臉。他萬沒有料到是這樣的結局，也使他有生以來第一次親身體會了所謂資本主義社會「人的異化」。「這些浮淺輕薄的學術蛋頭們！」他在心裡這樣暗自咒罵著。他在噓聲、皮鞋敲打聲、哄笑中極力鎮靜自己，同時努力在心裡盤算著一句足以對付這些宵小的話。在會場逐漸安靜下來之後，烏里茲別克教授抬頭逼視了全場的代表，然後，他靠近麥克風，以生澀的英語緩慢地向全場布告：「你們，不只侮辱了我的學術研究，也侮辱了人類史上第一位經由勞動誕生的高貴的女性。」

他所指的「女性」就是在喀達馬利吉蘭草澤區發現的那具遺骸。

全場哄然大笑，鬧成一團。烏里茲別克教授則整理了論文資料憤而離席。蘇聯、匈牙利、阿爾巴尼亞、保加利亞、南斯拉夫幾個國家的代表交頭接耳了一會兒，也紛紛收起資料魚貫離開座位，走出會場，以示抗議。

有關喀達馬利吉蘭草澤區遺骸的討論會就這樣草草收場了。

第二天，會議所在地最大的《芝加哥論壇報》以顯著的篇幅報導這件新聞，並喻為美蘇兩大超強勢力在限武談判和太空發展爭鋒之外又一次的大對峙。《論壇報》以辛辣諷刺著稱的漫畫專欄並且刊出一幅以喀達馬利吉蘭草澤區遺骸為題的令人捧腹的漫畫。畫上遺骸被裝扮成有大乳房的金髮美女，她以後肢站立，左手插腰，右手做出一般女權運動者叫口號的姿勢。她並且吐出舌頭，向一排剛剛經由勞動而從兩棲類進化為「女性」的同胞們宣言，宣言以斜體字排版，內容是：

當雄性發展他們的陽具時，我們，親愛的姊妹同志們，我們應該致力於鍛鍊我們的舌頭。

這幅惡毒的漫畫使來自蘇聯、東歐社會主義結盟國家的代表大受刺激，甚至連原本有著明顯反蘇情緒的捷克代表也對當地報刊這種作法斥為「幼稚」。這些國家的代表很快決定束裝返國，臨行前並且在機場舉行了記者招待會，包括捷克代表在內的十二位與會代表發起了聯合聲明，嚴厲譴責以美國為首的資本主義國家學術與新聞風氣的敗壞，及政治干涉學術討論的純正性云云。

在機場的記者會上，烏里茲別克教授倒沒有說什麼話。他顯然在幾天內消瘦憔悴了許多。他原本寄望於將多年研究的心血公諸於世，他認為這是對數千年來處於被剝削狀況下的所有女性一種最大的平反，也是人類藉以恢復勞動神聖觀念的一場重大鬥爭。他在撰寫論文期間不時浮現起那在雪地中劈柴、舉著紅腫凍傷的手指熬煮馬鈴薯的母親的模樣，便不禁掉下了眼淚。

「而這些美國佬……」他傷心欲絕，心裡咒罵著：「這些飽暖思淫慾的美國佬……」

一名穿著一身藍布衣褲的美國女記者最後擠進人叢中向烏里茲別克教授問了一個問題，她說：「教授，從這次會議的經驗，你認為學術有可能獨立在政治的干擾之外嗎？」

烏里茲別克教授看了這美麗的畫著深藍眼影的女記者一眼，他搖搖頭，一言不發走進了登機室。

喀達馬利吉蘭草澤區遺骸的學術討論會不幸以鬧劇終。非常可惜沒有人認真正視烏里茲別克教授研究中有關舌頭與女性進化的關係。烏里茲別克教授的觀點容或有套用馬克思歷史進化觀的牽強之處，但是有關舌頭與女性進化關係的發現卻的確是史無前例的。

事實上，在整個討論會中獲益最多的竟是一位來自中國的代表呂湘。

呂湘來自湖南，文革前參與過當地的考古工作。他對湖南一地出土戰國楚墓中有著長及腰腹的大舌頭的一種陪葬品始終甚感興趣。這種來自本土經驗的深刻感受加上烏里茲別克教授生物遺骸的推論使呂湘沉湎在一種真理追索的快樂中，一點不放鬆烏里茲別克教授報告的任何一個細節。

當會場秩序大亂時，呂湘從純粹學理的思考中被驚醒。他看到蘇聯及東歐幾個國家代表隨著烏里茲別克教授退席出場時，更是心神忐忑。呂湘曾經無數次在政治運動中由於表態錯誤而遭整肅。這些不可抹滅的痛苦的經驗使他敏感地警覺到這又是一個可怕的關鍵時刻。

「退席呢？不退席呢？」

他在心中幾度斟酌。

這一小小的舉動可能影響他一生的命運啊！但是，北京方面近來的態度實在太曖昧了。戈巴契夫雖然醞釀著要訪問中國，似乎中蘇的關係又有進一步的發展。可是，臨來美國之前，呂湘到北京搭機，整個兒北京城哪還有一點「社會主義」的影子呢？年輕學生戴墨鏡，穿花花綠綠的T恤，街上行人開口便是「錢」。呂湘不得不再三忖度。

「他媽的！」他心裡暗自罵了一聲，後悔自己臨上飛機也沒把政治態度問題向上級請示清楚。

呂湘幾次把屁股挪起來，又放下去。他知道，在這個時刻，一個來自中國的代表不站起來是可以讓人大做文章的。

呂湘最終並沒有離席，但是，這純然只是一動不如一靜的沒辦法的辦法。幸好，全場焦點都在烏里茲別克教授身上，並沒有注意到呂湘。第二天一早，呂湘急忙買報紙看，看到滿版有關討論會的新聞，心裡又是七上八下。急急忙忙全部瀏覽了一遍，還好，只有在一家報紙不起眼的一個小角落刊載了離席代表的國家名稱及政治取向，並沒有特別點名中國代表的問題。

呂湘放下報紙，長長吐了一口氣。

心情暫時輕鬆之後，呂湘又想起烏里茲別克教授有關舌頭與女性進化的問題。他依然覺得十分可惜，沒有能進一步跟這位教授請益，但是呂湘決定幾天裡在旅館中埋頭把這個問題理清楚。

呂湘拿出紙筆，憑記憶畫了幾個戰國楚墓「吐舌怪獸」的造形。這種木雕漆赤紅二色的陪葬品一般高約一公尺餘，頭上鑲飾兩根長長的鹿角。怪獸的眼睛圓而且大，口中吐出的舌頭更是長長地拖到腹部。「而且，」呂湘沉思著：「牠的姿勢也正好是以後肢蹲踞直立呢！」呂湘迅速在烏里茲別克教授的論文上做了幾處重點的標記。

這種楚墓陪葬品的功能和用途在考古上一直還是個謎。一般人以後代墓葬的習慣通稱牠為「鎮墓獸」，以為是趨吉避凶除穢之物。呂湘以為，這根「於史有據」的長舌頭應當與烏里茲別克教授的「舌頭—生產勞動—女性」理論有密切的鎖鏈關係。

有關雌性兩棲類以舌頭產卵布卵的資料一旦被證實了，這個論據便應當可以充分用來解釋中國楚墓中「吐舌怪獸」造形的來源。

呂湘有點興奮地繼續筆記著：

因此，這個「吐舌怪獸」就絕不是什麼「怪獸」，而應當是中國上古漫長母系社會最為形象的表達了。古冊上記載的「上古之民但知有其母，不知有其父」，中國古史上傳說中的諸多領袖稱「后羿」、「后稷」而不稱「王」。顯然，五千年來依靠強勢體力建立起來的以男性父權為中心的父系社會是遠較更為漫長普遍的母系社會要晚出得多的；而且，父權中心的觀念嚴重掩蓋了母系社會時期的歷史真相，而楚墓中「長舌」陪葬品的再發現，恰恰可以說明中國自古以來女性在墓葬中被尊崇的一貫傳統。

呂湘簡直有點喜出望外，他丟下筆，在房中手舞足蹈了一番。這個被同僚一直笑為「書獃子」的呂湘，不管一生遭遇了多少變故，始終孜孜於他的研究。即使下放農村時挖糞養豬也不會稍改他那種為了一個呆念頭想幾天的個性。他曾經幾次掰開豬的嘴巴，一個勁兒要搞清楚，為什麼豬的牙齒一定是三十四顆。

有關楚墓陪葬品中「長舌」及腹的造形也是他多年來懸疑不下的問題之一，一旦藉由烏里茲別克教授的理論解開了，自然樂不可支。

呂湘的孩子氣充分顯示了出來。他在房中跑了幾圈，又跑到大穿衣鏡前對著自己伸舌頭。

「可惜！」他跟自己說：「你的舌頭太短了！」

「人類啊！」他換了另一種聲音，惋惜地搖搖頭，嘆了口氣說：「你們遭逢了厄運，便從舌頭的被詛咒開始。」

文化大革命期間，呂湘坐過三年的牢。有一陣子，紅衛兵搞武鬥，雞犬不寧，呂湘給關在牢裡忘了，餓好幾天。他昏沉沉在牢裡覺得自己已經死了。死了的時候從胃中上騰一種空乏的熱氣。他知道，是胃在自己消化自己。呂湘有點害怕，便開始啃牢房上的木門。像小時候看老鼠囓咬木箱一樣。把一塊一塊的木屑嚼碎，嚼成一種類似米漿的黏稠液體，再慢慢吞嚥下去。

他靠嚼這種有米漿味的木屑活了很久。

外面的年月也不知變成什麼樣子。呂湘覺得解決了「吃」的物質問題之後，應該有一點「精神」生活。

他於是開始試圖和自己說話。

呂湘在很長的時間中練習著舌頭和口腔相互變位下造成發聲的不同。

這非得有超人的耐心和學者推理的細密心思不可。

到了文革後期，出獄之後的呂湘練就了一種沒有人知道的絕活。他可以經由科學的對舌頭以及唇齒的分析控制，發出完全準確的不同的聲音。一個人無事的夜晚，他便坐起來，把曾經在文革期間批鬥他的所有的話一一再模仿一次。男的、女的、老的、少的，那嗓音還沒變老的小紅衛兵，缺了牙的街坊大娘……呂湘一人兼飾數角地玩一整夜。那些惡毒的、汙辱的、咒罵的聲音叫囂著：

「呂湘，你還賴活著嗎？」

「呂湘，看看你的嘴臉，你對得起人民嗎？」

「呂湘，站出來！」

「呂湘，看看你的所謂『文章』，全無思想，文字鄙陋！」

「呂湘！呂湘……」

那些聲音，多麼真實，在黑暗的夜裡靜靜地迴盪著。住在隔壁的呂湘的母親常常一大早爬起來就說：「你昨晚又做夢啦？一個人嘀嘀咕咕的……」

但是，那麼多不同的聲音只來自一個簡單的對舌頭部位發聲的科學分析原則而已。

舌頭在發聲上的變化看來極複雜，但是其實準則只有幾個。大部分的發聲和情緒的喜怒哀樂有關。因此，舌頭發聲雖然只依靠口腔的變位，但是，事實上是牽動了全部臉頰上乃至於全身的肌肉。

呂湘在這一系列關於舌頭的探索中最後發現連聲音有時都是假的。

例如，在平反的大會上，那個曾經惡狠狠地斥罵過呂湘的省委書記幹事在用極其溫和的語調宣讀一份資料時，雖然文字語言指明呂湘是一名錯劃了的右派份子，褒揚他如何始終堅持學習馬列主義、毛澤東思想，然而，站在台下的呂湘卻赫然發現這位幹事臉部的肌肉和身體的姿勢和在文革時批鬥他的樣子完全一樣。

因此，呂湘進一步的研究就是在黑暗中不經由發聲而用觸覺去認識自己模仿不同罵人口形時臉部肌肉的變化。

這個研究遠比直接模仿發聲要困難得多。有一些非常細緻的肌肉，例如左眼下方約莫兩公分寬的一條肌肉便和舌根的運動有關。舌根常常把惡毒咒罵的語言轉成歌頌的文字，如「好個呂湘！」從字面上看是歌頌，但是，一旦舌根用力，咬牙切齒，意義完全不同，就變成了惡毒的咒罵了。由於舌根看不見，所以，必須完全依靠左眼上那一條細緻的肌肉帶的隱約跳動才看得出來。

呂湘這一發現使他又有了新的研究的快樂。使他不僅在夜晚別人睡眠之後獨自一人在房中做研究，當他對這種舌頭擴及人的嘴臉的變化研究到得心應手之時，呂湘便常常走到街上去，看著大街上的人，看他們彼此間的談笑、和藹可親的問好。只有呂湘自己知道，他並不是在聽他們說什麼，而是在聽他們「沒有說什麼」，那豐富的人的面容肌肉的變化真是有趣極了！

只有呂湘的母親覺得奇怪，因為她已經很長時間沒有聽到呂湘在夜裡做噩夢說夢話了。

「這一切都是因為舌頭的緣故！」呂湘用烏里茲別克教授帶著濃厚波羅的海口音的英語向鏡中的自己調侃著。

回到中國以後，呂湘一面進行他有關舌頭與中國母系社會關聯的論文，一面常常跑到街上，繼續深一步了解一根舌頭所可能在人的身上發生的複雜作用。

他有點驚訝於街上行人左眼下那一帶兩公分寬的肌肉的急速擴大。在短短幾星期中已有著墳起而且變成醬紅色的趨向，甚至到了肉眼也不難察覺的地步。

呂湘有點不安。他想起平反時那個語調溫和地稱讚他的幹事。他又無端想起在芝加哥的討論會上自己的沒有離席是否落了什麼把柄。他變得有點神經質，走在東長安大街上，一個人笑吟吟過來問路，呂湘像見了鬼一樣「哇」地一聲跳著跑開了。

他在北京社科院敷衍了事地做了一點言不及義的報告，並沒有透露絲毫他從烏里茲別克教授那裡得來的啟發以及他目前正在進行的研究。

他匆匆回到了湖南，失魂落魄，一個人站在街角看著行人。

鄉里中無事的女人們便開始傳說呂湘因為長期單身，又上了趟美國，在旅館半推半就玩了一個妓女，染患了不治的愛滋病。而愛滋病的初步症狀就是喜歡站在街上看人，把病傳染給八字弱的人云云。

事實上呂湘還是頭腦清醒的，他從北京回到家鄉之後，一直記掛著全國人的左眼下那逐漸墳起而且發醬紅色的一條肌肉，沒辦法專心繼續有關舌頭與女性進化的研究。有一次他聽說鄉裡來了一個台灣同胞訪問團，便也跟大夥跑去看。鄉里的人因為怕被傳染愛滋病，都離他遠遠的。呂湘一人大搖大擺走到訪問團的巴士前，一個台灣重要的來訪者看呂湘氣派不小，以為是高幹，便立刻搖著「台灣同胞訪問團」的小三角旗，快步趨前和呂湘握手，親切地叫道：「同志！」

不料，呂湘「啊！」地大叫一聲，直楞楞看著這位台灣同胞的左眼下方。不一會兒呂湘就倒地昏厥了。送醫不治，死時只有五十三歲。留下白髮的老娘，每天夜裡手執一把純鋼的大刀在空菜板上一聲聲剁著，一面剁一面罵道：「天殺的，回來，天殺的，回來。」據說，這是湖南鄉下一種招喚亡魂的方法。

呂湘的手稿也經由省裡的文聯整理，發現了他新近有關《舌頭考》的手稿。但只有寥寥數十字，沒有什麼研究價值。為了紀念，便作為遺稿，刊登在一個不太有人看的文聯機關報上：

呂湘同志遺稿《舌頭考》：

這個種族連續墮落了五千年之後，終於遭到了懲罰，被諸神詛咒，遭遇了厄運。厄運開始是從婦人和像婦人的男子們的口舌開始的……

胡珊華／攝影

豬腳厚腺帶體類說

有關「豬的厚腺帶體」的研究，
恰恰是為了提供一個從「幻想」到「實證」的例子。
對於萬鎮的居民，或萬鎮的豬隻們，
都曾經幻想過被砍掉的豬腳可以再生。

第一次到萬鎮的人都十分驚訝為什麼會有那麼多豬腳。在市鎮中心的廣場，一般用來置放偉人銅像的地方，便有一尊用兩千七百四十一隻豬腳構造起來的銅雕塑像。設計這尊塑像的李君，為了堅持是兩千七百四十一隻豬腳，與市鎮代表的會計人員爭執了月餘。會計人員認為兩千七百四十隻豬腳在核報預算上是一個整數，他們委婉地向李君解釋：「國人的會計觀念是必定刪除零頭的。因此，親愛的李君，你的兩千七百四十一隻豬腳，即使被我們通過，一旦呈報到上級，還是會被刪除的。」

李君最近留了辮子，細細的一撮拖在腦後，很像一隻美麗的豬的尾巴。

會計人員從形貌上判斷李君是一個頹廢、邋遢的傢伙；心裡揣測這一隻可有可無的豬腳李君是會同意刪除的。在會計人員的心中，這一隻豬腳的刪除也是形式，不過是為了證明會計人員對市鎮重大建設操有生殺大權以及被尊重的意思吧。

不料這個「頹廢、邋遢的傢伙」竟然大怒。李君立刻向新聞界公布了這項消息，並且赤膊在他塑造的豬腳模型前拍照，寄給記者。各大媒體以顯著的篇幅報導這件「近年來最嚴重的藝術迫害事件」。

「一隻豬腳守衛戰」，各大報以顯著版面刊登這則消息。新聞界、文化界和藝術界聯合起來發動了靜坐、示威遊行，並衝進中央級的決策機構，使正在揚言要進行民主改革的城市領袖十分難堪。

豬腳塑像經過月餘的爭執，演變成政治事件。原來喜出望外的李君，不多久卻因為各大學藝術系學生的介入，情勢愈趨複雜。部分北部的藝術系學生認為李君自萬鎮北上，掀起這樣的狂潮，是向北部挑戰，便有意排擠李君，逐漸以北部流行的「解構主義」的論點嚴厲批判了李君設計的落伍性格。

「那只是在偏僻一隅的小小萬鎮發展出來的個人夢魘而已，完全沒有世界的前瞻性。」

在城市廣場上原來由藝術界共同用保麗龍塑造起來象徵藝術自由的一隻五十公尺高的巨大豬腳塑像在一夜之間被激進的藝術系學生摧毀了。他們圍繞在殘碎的豬腳碎片的四周舞蹈，向豬腳的碎片吐唾、撒尿，或當眾手淫把精液噴射上去，引起圍觀者的歡呼。

午夜過後，城市領袖駛車經過廣場，看到李君孤獨坐在一堆如垃圾般的保麗龍碎片中。這是城市的凌晨，大部分城市居民猶在熟睡之中。城市領袖有習慣在每天這個時間驅車在各處瀏覽。他覺得這是一個頹喪而敗德的城市，而做為這樣一個城市的領袖，清晨驅車去認識這城市的墮落與敗壞，長年以來，竟成了他唯一的信仰。

「索多瑪城——」這個飽受基督徒《聖經》影響的城市領袖喃喃自語著：「索多瑪城是偉大的信仰之城，它為了試探人類頹喪與敗德的深度而存在。」

城市領袖從後座起身向前，親吻了他的司機，然後說：

「走吧，市民在等待觀看我健康的晨泳呢。」

也許因為那一日清晨在廣場上偶然的一瞥吧，城市領袖對李君以及豬腳塑像的象徵有了複雜的近於悲憫與自憐的情緒。因此，事件冷淡之後，領袖便在一次巡視萬鎮的機會中輕描淡寫地提到李君，他說：「地方上有才華的年輕人，不可以埋沒了。」

市鎮代表在一旁筆錄，會計人員交頭接耳。不多久，萬鎮的市鎮中心的廣場上就開始動工塑造了這尊豬腳塑像。而且這次完全沒有會計人員的杯葛，一隻不少地整整兩千七百四十一隻豬腳，如手足兄弟一般團結擁抱著。「象徵著人類悲哀又溫暖的關係，象徵著在殘斷的肢體中人類的互愛。」李君哭泣著宣讀塑像揭幕的致詞。他已剪去了美麗如豬的尾巴的辮子，穿起了黑色的貴重的禮服，遠遠望著城市領袖高高懸掛在廣場上的照片，心中泛起了一種辛酸的感動。

事實上，有關豬腳塑像的事件只是長期萬鎮居民吃食豬腳歷史的延續而已。假設萬鎮沒有這尊以兩千七百四十一隻豬腳構成的巨大紀念碑式的塑像，萬鎮與豬腳的不可分割的聯想是依然存在的。

據說，僅有七萬多居民的萬鎮，每個月消耗的豬腳竟然高達八十四萬隻。也就是說，每個月，僅僅萬鎮一地，就有二十一萬頭的豬必須貢獻出牠們的四肢來做為人類的食物。

當然，吃食豬腳的並不都是萬鎮的居民。有極大數量的觀光客從島嶼的四處湧向萬鎮，以吃食萬鎮有名的豬腳為目的。萬鎮本身豬腳供不應求，便從全島輸進豬腳，豬腳業的興盛連帶帶動了地方繁榮。有一個製鞋業者看到每天數量驚人的豬腳在萬鎮被人類的胃消化掉，便誇張地說：「幸好不是人的腳，否則一定使台灣的製鞋業在一夜之間倒閉光光。」

當連成車隊的吃食豬腳的旅遊團陸續進入萬鎮時，首先看到的是李君傑出的塑像，而後，當車隊駛離廣場，在萬鎮大街小巷穿巡時，觀光客看到一堆一堆如小山一般的豬腳置放在萬鎮街頭巷尾。這些剛剛斬剁下來，猶流著紅血的豬腳，或已洗滌乾淨，剔除了汙垢雜毛的雪白的豬腳參差堆放著，成了萬鎮最觸目驚心的景象。

「經過了特製醬類和麵線一起烹煮的豬腳，使人類嗜食動物屍肉的恐怖經驗轉換成了一種美好的味覺審美，這就是偉大文明的成就。」一位社會心理學家這樣分析，在一份有分量的學報上刊出了他的研究。有了學說的支持，便助長了萬鎮豬腳業繁榮的持續不歇。

觀光客圍坐在領袖來過的（幾乎每一家萬鎮豬腳，都強調它們是唯一領袖來過的）豬腳店裡。豬腳用青花大盤盛裝，並且新近的流行，每一隻豬腳都在切斷的腳踝部分用紅色的絲帶綁了一個精緻的蝴蝶結。

當本土文化精緻化之後，原來處於偏遠地區的市鎮也開始引進了一些先進國家的觀念。據說，豬腳上的紅絲帶就是萬鎮一位回鄉服務的博士的創見。博士在德國學生物醫學，他居住在德國時看到德國的酸菜豬腳上綁著俏皮的紅絲帶，便帶動了萬鎮的流行。然而，以他的專業來說，他是在專心致力於把萬鎮豬腳的生態變化發展成一種在國際上受重視的學說，這一點，萬鎮教育水準尚低的居民是很少人了解的。

「豬腳嗎？哪有可能？」

當博士偶然透露一點他的學說時，那些「識淺的愚民及學術洋奴們」（這是博士對他們的鄙稱）就對博士的努力嗤之以鼻。

博士是在萬鎮的豬腳中長大的。那時的豬腳業還在原始攤販型態的經營階段。博士的童年常常在一堆一堆如山的豬腳間與玩伴玩捉迷藏的遊戲，他也頑皮地用豬腳丟擲故作矜持之態的女生，用豬腳與鄰村頑劣男童開戰，豬腳截斷時堅硬的骨骼及蹄尖的銳利是比石頭更好的武器。

總之，博士的童年的確是在豬腳中度過的，他最早對愛情及性的夢想，與仇敵的戰爭都與豬腳結了不解之緣。

博士的父親原來在萬鎮廟口擺設一個豬腳攤，博士讀小學時開始，每天下課以後就要先負責清洗一堆一堆剛被砍下來的豬腳。因此，自幼年開始，博士就有機會以近似精密解剖學的方法來觀察豬腳。他把汙血及雜毛清理乾淨之後，更驚訝於豬腳特別精緻的結構上的完美。那被潔淨如玉般的厚皮包裹的有力的足踝使博士的童年經歷了如藝術審美一般的洗禮。他特別有興趣的是豬腳一旦與它們臃腫肥胖、並不美觀的主人的身體分離之後，它們竟可以獨自擁有一種自由完美的品質。

「從臃腫、肥胖、骯髒，而且懶惰的母體上被斬斷的這一隻豬腳，竟擁有獨立完美的一種新的品質。」博士在留學德國的一次台島同鄉會中發表演說，便以極感性的故鄉的語言述說了他童年的記憶，使全場懷鄉的萬鎮人為之唏噓，認為是萬鎮長期獨立運動中最富有象徵性的演說。

幼年時長時間在洗刷豬腳的工作中獲致的經驗，不只影響了此後博士的藝術審美、政治理念、性關係，也同時在他生物醫學的專業上給予了他重大的啟發。

一直到留學德國期間，他還是愛吃豬腳的。他可以用刀叉輕易地分解開豬腳的骨骼及筋脈的組織，使那些滿頭冒著大汗的割著豬腳的粗魯的日耳曼人異常羨慕。

當他以豬腳做為博士論文的題目之後，他更是常常出入大學附近一家有名的豬腳店，一待便是一整天。他會以一把叉子支起豬腳，立在面前端詳欣賞，完全出神到忘我的地步。日耳曼的店主有些擔心他的癡狂是否來自於學業壓力大，便善意引介了也在讀大學的自己的姪女Agathe以為開導。

「Agathe——」博士立起一隻豬腳，安靜地說：「你看，豬腳不像人類的腳掌那樣的粗魯囂張。它極其收斂，只在兩個主要的蹄尖承擔巨大的身體重量的壓力，因此，所有的美都在這蹄尖上，如母親一般含蓄，而且擔負著最大苦難。」

博士慢慢旋轉著叉子，讓Agathe從四面欣賞這隻豬腳，他又說：

「你知道，法蘭克福學派的Adorno的理論『意識型態，藝術與美學理論』恰恰證明了我童年的豬腳經驗。」

博士與Agathe很快熟絡了起來。Agathe對博士有一種神祕的東方的好奇，而博士有關豬腳的如癡如狂的情結似乎也恰恰好可以在日耳曼的心靈中找到相關的聯繫。那是在一九六八年之後，五月學生潮使學社會學的Agathe特別讚賞博士把Adorno的意識型態與美學理論運用在第三世界的台島的基層社會行為上。

他們的種族意識、政治意識、兩性關係都圍繞著豬腳有了親密的激盪。

「Agathe——」博士在熱烈的做愛之後，從床上抬起他肥胖的、腿毛稀疏的左腳，觀看了一會兒，嗤嗤笑了起來，他說：「Agathe你知道，人類的腳背是很難直立的。你們歐洲人從十六世紀開始便努力在舞蹈中要踮起腳尖，這是芭蕾（Ballet）的來源。喏，你看，就是這個樣子。你不以為，從意識型態的審美來看，這是豬的潛意識情結在藝術上的展現嗎？」

博士關於豬與芭蕾的聯想使Agathe瘋狂笑了起來，搖盪著她肥大的乳房喘不過氣地尖叫著。

博士也曾經考慮過以「豬的性慾」為博士論文的研究主題。但是Agathe不十分贊同。Agathe以為「性」的討論已難以逃脫長期以來男性剝削女性的既定模式，加上資本主義將女性視為男性的消費商品，這樣的論題本身是有意識型態的偏見在內的。

「可是——」博士辯解說：「豬的性慾與女性有什麼關係。」

博士本來還想說明他的論題只是純粹在生物醫學上的一種客觀分析，但是他發現Agathe有些不悅了，便敏感地停止了辯論。

博士的論文因此改為了《豬的足踝部位厚腺帶體分泌之研究類說》。

這個題目有點僻奧難懂。以Agathe的批判理論來看有些乖離了社會基層勞動人民所能理解的範圍，博士私下也曾經檢討，擔心會遭受教授團的批評，他也因此徹底了解了自己思想中來自家庭的殘餘的封建的或中產階級的意識型態的「毒素」。

博士的父親後來從一個小小的街口攤販一晃而成為萬鎮最大一家豬腳販賣店的大老

闆，在全島各地經營了分銷處，儼然成為富商巨賈。這背後，有一些不為人知的祕密。有關這一點，博士是從來不向人提起的。

這些遍布在全島的豬腳分銷店中都懸掛著領袖的照片（這是豬腳店懸掛領袖照片的肇始）。和藹可親的領袖坐在一大盤堆積如山的豬腳前，做出笑容可掬的樣子。萬鎮的豬腳公會曾經祕密集會了許多次，卻始終不能探查出博士的父親使領袖駕臨他的販賣店的理由。

博士自然是知道的。但是他從不向人透露。

博士回國後，在台島最有名的大學發表有關《豬的足踝部位厚腺帶體分泌之研究類說》，有學生調皮地問道他的研究是否與他的家鄉萬鎮的豬腳有關時，引起全場哄堂大笑。但是博士坦誠地做了有關自己出身與意識型態之間的關聯分析，他最後說：

「我，簡單地說，是萬鎮之子，是豬腳之子。」

他這樣簡潔地下了結論之後，全場爆起了如雷的掌聲。在台灣左派或獨立運動以詰屈聱牙的怪誕語言進行令人厭煩的理論嘮叨時，博士卻以極清新有力而且形象化的語言點活了意識型態革命的重點。

博士風靡了T島大學的知識青年們。那天夜晚，杜鵑花叢中躲著許多熱戀或情慾中的男女，他們在親吻和撫摸間歇時還有「豬的」、「厚腺帶體分泌」之類的片語流出。

但是，仍然沒有人知道博士家族如何請到了領袖光臨他們的豬腳販賣店，博士有關自己出身的坦誠也絕不觸及這一敏感的關鍵。

至於《豬的足踝部位厚腺帶體分泌之研究類說》卻不可否認，是博士極大的貢獻。若不是童年長時間與切斷足踝的豬腳有過親密的經驗，博士絕無可能發現這可貴的細小腺體的帶狀分布。

和我們一般理解的淋巴腺、攝護腺、甲狀腺都不一樣，分布在豬的足踝部位的這一組類似脂肪的「厚腺」形成一種帶狀網膜。淋巴腺抵抗細菌分泌腺體，甲狀腺使情緒亢進，攝護腺控制射精，至於「厚腺」的功能，一直到博士的研究提出之前，對人類還是一個謎。

博士研究的重大發現是：在萬鎮長達三百年的砍伐豬腳的行為中，豬，為了生存的緣故，逐漸在被砍斷的足踝部位產生了一帶網膜狀的「厚腺」。

「這些帶狀分布的『厚腺』，雖然目前還看不出明顯的功能，但是，在長遠生物的演化過程中，很可能將說明動物對肢體殘斷後再生能力的培養不是不可能的——」博士在演講中發現自己語言有些拗口，立刻機敏地改換了淺近的譬喻：「例如說——壁虎，大家都知道，牠們在遇到侵害時會自己切斷尾部，使敵人在注意力轉移，壁虎的尾巴是可以再生長的。人類也曾經幻想過頭部被砍掉以後可以再生出一個頭來。中國古老的《封神榜》、《西遊記》這些小說中就經常有此種描寫。大家都覺得這只是神怪小說中的『幻想』。但是，幻想可不可能成為真實呢？」

博士懸疑地停了一會兒，然後以極其感性動人的語調說了他的結論：

「有關『豬的厚腺帶體』的研究，恰恰是為了提供一個從『幻想』到『實證』的例子。對於萬鎮的居民，或萬鎮的豬隻們，都曾經幻想過被砍掉的豬腳可以再生。我們的『幻想』經過三百年被砍掉的悲慘事實，終於在『幻想』中要萌生出新的再生能力了。諸位，『幻想』假以時日就可以成為『真實』，這就是『厚腺』的功能。我把這小小的功能貢獻給熱愛萬鎮、熱愛台島、熱愛幻想生命的你們。」

博士走出校園時拒絕了學生們熱情地替他招呼計程車。他說：「讓我在夜晚的城市獨自走走吧。」

博士穿過街道，在大學對面一家新開的麥當勞經銷店前等候約定好的女子。

女子遲到了。這個女子和德國的Agathe十分不同。喜歡遲到、愛打扮、穿粉紅色有小花邊的襪子，非常吱吱喳喳，是一個典型台島暴發戶家庭生長起來的庸俗而淺薄的女子。

「庸俗而淺薄的女子——」博士這樣想，因為女子的遲到而有點憤怒，但隨即又自我調侃起來：「我有時用德文想Adorno的審美與意識型態理論，有時用台島的語言思念愛遲到的庸俗而淺薄的女子。」

博士自嘲地在麥當勞的玻璃中觀看自己逐漸肥胖油膩起來的臉，然後，他看見那綁著紫色蝴蝶結的女子的臉悄悄在玻璃上出現，貼近自己。

「那個『阿多諾』到底是誰嘛！」

女子撒嬌發嗲地依靠在博士身上。

「我要用德文去想Adorno，用萬鎮的語言思考母親和豬腳——」

博士無緣由地感傷起來。他看著身邊依靠著自己的瘦而扁薄的女子身體，歪斜的紫色蝴蝶結，頸項上被博士猛力吸吮的紫色血痕。那小小的乳房，還不到Agathe的一半大，一粒小小的乾癟如屎粒一般的乳頭。

「萬鎮和萬鎮的居民——」

博士潸然淚下。他無限憐愛地擁抱著已經熟睡的女子扁薄的身體流淌著眼淚。

那一夜，他夢到自己回到了萬鎮，在許多巨大的白色豬腳中，用巨大的鑷子一根一根拔去豬腳上的毛。月亮圓而且大，發白，豬腳也像月亮一樣，白而且大，一堆一堆，堆到了天上。

梁鴻業／攝影

安那其的頭髮

頭髮的確如領袖所言是最接近人類思考部位的產物，也因此沾帶了最多與思想有關的意識型態的辯證在內。

最早注意到他的頭髮是在廣場抗議運動的第三天。

他的頭髮並不黑，仔細看帶一點金褐色；在五月陽光的強烈照耀下就特別明顯。髮質很細，雖然不經整理，卻自然披垂下來，看起來柔順而且有秩序。

在披垂的頭髮後面透露著並不大但形狀細緻的眼睛。他說話的時候因此似乎必須考慮到頭髮遮擋眼睛的問題，而使頭部保持不同角度的傾側。

「克魯泡特金是在一八七六年逃亡到瑞士的。從俄羅斯向外地逃亡的安那其主義者大都走這條路。」

他盤坐在地上。有時候因為低頭翻看文件資料，頭髮就如水一般傾瀉，一整匹布似地遮蓋著他的前額。

「安那其主義者一八七七年才有了最早的組織。」他說：「祕密的，當然；那時國家的鷹犬們還到處大肆濫捕黨人，施以酷刑，有許多黨人甚至被一根一根拔去了頭髮……」

「有這樣的記載嗎？」圍坐在廣場四周的青年們很仔細地檢查他傳送給大家的每一份影印的文件資料。他們相信民主的基礎開始於每一個人的參與，也開始於對真理的反覆辯論以及現象細節一絲不苟的檢查。

「沒有。」他很誠實地回答，抬起頭來，用細長的手指把懸垂在額前的頭髮梳理到後面去：「其實在克魯泡特金的《一個反叛者的話》（Paroles d'un révolté）中並沒有提及任何有關頭髮的記載。我的推測是，首先從照片上來看，克氏是一個禿頭。其次，按當時的情況——從俄羅斯到瑞士都一樣——國家的鷹犬們加諸於安那其主義者身體的酷刑是無所不用其極的。我的意思是說：他們甚至恢復了古老東方野蠻的刖刑、宮刑、劓刑；自然，頭髮的髡刑也必定一併施行了。

「這是一個奇怪的聯想。我在廣場運動的第三天，也在想，為什麼那麼多的激進主義者習慣於在頭上纏綁布條，從日本的神風特攻隊到南美切・格瓦拉的信徒，從天安門到這裡的廣場都在頭上纏綁布條。激烈的右派和激烈的左派在革命行動時竟是十分相似的。」

（我始終是那個不發一言的一個……）

「是否他們潛意識中仍然懼怕著被別人看見自己頭殼下隱藏的激進思想呢？」

「意識型態在人類的歷史中常常藉由頭髮來進行鬥爭。」

他回答黨人的問題時有一種沉靜的魅力，他說：「例如，清代入關的剃髮運動曾經引起漢人的抵抗，可是高壓的手段使漢人接受了滿清的髮型，也同時接受了滿清的統治。民國辛亥的革命也是經由剪辮子來推動的。也就是說，人類的意識型態鬥爭常常藉由頭髮的問題顯現出來。在古老的希臘神話中巨人參孫的神力是隱藏在頭髮中的，對不對？一剪去了頭髮，祂的神力也就消失了。更有趣的是，直到今日，凡是最需要泯滅個性的地方就越需要剪去頭髮，例如軍隊和監獄。頭髮一剃光，就消失了個人的特性。

「所以，意識型態的鬥爭是要在頭髮上進行革命的。」廣場中當然有許多傾向於囂張及簡化結論的少數人。他們頭上纏綁的布條通常都寫著聳人聽聞的警句，講話聲音嘶啞而且急促，並且常常容易激動哭泣。

但是，似乎只有溫婉的葉子是真正能夠愛戀他的頭髮的人。她單純只是覺得他頭髮的美麗而獻身於他。也並不在意原來與他同居的女人不時地造訪。同時安那其主義的信仰者，葉子第一次身體力行了財富、肉體與精神的共有。當些微的嫉妒、失去的感傷與恐懼來襲時，葉子竟然甚至有背叛黨和信仰的罪惡感。

「啊，一個安那其的信仰者——」她這樣地自責著，企圖使自己從人的私慾中平衡過來。

葉子和圍坐在他四周的男女們認真討論起有關克魯泡特金在《田莊、工廠、作坊》這部著作中安那其主義的經濟學觀點。

關於城市建築者的不道德是安那其主義者早在一九一〇年代就已經提出來討論過的。城市建築者構造了巨大的居住公寓，把人從田野、山林、海域及鄉村小市鎮的手工業作坊中吸引出來，塞進一幢一幢水泥鋼骨建造的方盒子中。他們設計了不道德的居住空間，使城市居民被強制接受一個偽造的道德秩序。

「一九一〇年代就被安那其主義者批判的城市偽造道德，直到今日，很不幸的，還在人類中被沿用。而且，對大部分仇視安那其的麻木的城市居民而言，這偽造的道德，例如『家庭』、『國家』、『民族』、『階級』、『倫理』竟都變成了鷹犬們肆虐的主要藉口。」

他補充了幾個發言人的遺漏，類似結論的總結了廣場安那其聚會的第四次討論。

夜晚，當安那其主義者入睡之後，將近圓滿的月亮高高升起在這城市上空，廣場上流傳著一種淒涼的鼾聲，此起彼落，彷彿輓歌。

葉子輾轉難眠。月光下她偷窺著領袖猶埋首於文件的整理中，他那如瀑布之水的整匹的頭髮在月色中更是動人心魄了。

「如果我愛戀他的頭髮是獻身的唯一理由，他會以為這是對安那其的擁護，還是侮辱呢？」

葉子近來常陷溺於這樣的疑惑中不克自拔。原來與領袖同居的女子已然離去，據說是投入了仇視安那其的黨派成為一名極右派的女子。安那其族人中的竊竊私語當然困擾了領袖，也使葉子更覺罪愆深重。

「女性在革命中的搖擺性格，受所愛戀的男子影響，恰恰說明了傳統男性父權中心社會在女性奴隸意識型態上的反映。」

當一名咄咄逼人的新安那其黨人這樣論述黨內女性的革命情操時，葉子不自禁怦怦心跳了起來，彷彿這篇報告是因她而發的。

但是，要清楚地把安那其黨人的關係與愛情區分開來是多麼困難的事啊！當黨人駐進廣場之後，葉子成為領袖的重要助手。整理分送文件，召集群眾，安排黨人的食物與處理排泄物，是任何人都難以承當的體力負荷，但是葉子卻愉快地一一處理得有條不紊。她在體力的勞累中感覺著一種清洗自己罪愆的愉悅。別人有時勸她休息，但是，她害怕休息，害怕休息時她就要情不自禁地迷戀起領袖的頭髮以及他肉體上的種種細節。

他們在廣場中的進出，甚至夜晚時同裹一件睡袋席地相擁而眠都是黨人們默認的事實。但是，葉子從來沒有從他口中聽到有關安那其婚姻或愛情形式或兩性關係的主張與意見。

做為一名女子，如果對所愛戀的男子的意見不斷猜測，相信是堅決的安那其主義者的他所鄙視與反對的吧。

有一次葉子問起他有關女子頭髮長短的問題時，他有些不屑地回答說：

「解放的安那其的女性是不會以男子的悅樂為自己生存的目的的。」

他說完之後，似乎也自覺到對問話者不屑的表情。長久以來和平的安那其主義的內在訓練使他立刻對自己的行為有了反省。他平息了自己的情緒，有些抱歉地撫愛起葉子的一頭長髮，安靜地說：「葉子，有關頭髮的問題，並不是安那其主義的重點。」

葉子同時感覺著黨人的與男子的愛幾乎是唯一的一次。大部分時間，她仍然無法調整好那來自肉體的悸動的貪戀與頭腦思想中理性信仰的關係。

但是，結果她還是把一頭長髮剪短了。

她這樣想：頭髮既不是為了取悅男子而存在，過去存留長髮的許多近於夢幻的聯想其實可以一併剪除。頭髮的確如領袖所言是最接近人類思考部位的產物，也因此沾帶了最多與思想有關的意識型態的辯證在內。

葉子對著鏡子，把一片及腰的長髮拉成一綹，吸了一口氣，決絕地一刀剪斷了。葉子剪完頭髮，看著鏡子裡的自己，有一種煥然一新的感覺，彷彿被剪去的不是頭髮，而是她屬於過去沒有覺悟的女性的種種。

「革命，真正的革命並不是動刀動槍，而是隔除掉腦中腐敗、霸道、墮落的部分。」

黨人們不是常常這樣說嗎？

葉子因此覺得從女性中解放了出來，第一次感覺著安那其不僅要解除人類在歷史枷鎖中有關「家庭」、「國家」、「民族」、「階級」等等腐敗墮落的觀念，也同時連帶地要將歷史加諸於性別上的差異與主從性質也一併解放了。

她雀躍地行走在這迅速進行著安那其革命的城市，向兩旁街道上的行人微笑。他們雖然暫時還將居住在敗德的建築家們所建築的房子中，被偽造的道德安排著去像機械奴隸一樣地生活著，女性或男性如動物一般交媾，女性沒有子女的撫養權，不保留母系的姓氏，沒有財產獨立的能力，甚至沒有性交的主動意識。他們——男性或女性——共同成為長久歷史屬性中被剝削了人的自由的奴隸或機械，背負著「國家」、「民族」、「階級」、「性別」重要的枷鎖生活著。——「但是啊！」葉子在心中呼喊著：「等待著吧，這城市將進行一次偉大的安那其革命，使每一個人恢復純粹屬於人的自由。」

那個夜晚，葉子擁吻著領袖。少掉了長髮的羈絆，她覺得可以更像一個黨人般愛領袖了。如同革命中男子與男子的愛吧，她十分主動地用臉頰摩著領袖肌瘦的身體，他的並不常運動的薄薄的胸膛，他的扁平的小腹，以及小腹毛髮毿毿中勃起的巨大的陰莖。

「像一個安那其黨人的同志那樣愛我吧！」葉子在迷亂的交媾中心裡這樣呼叫著。

廣場運動開始的時候，葉子已經懷孕了。但是，她沒有告訴領袖。她又陷入另一種困惑中，一方面是來自母性的本能的喜悅，另一方面則是她疑惑於不知道安那其主義者對生殖與子嗣的看法。

如果「家庭」是安那其主義者要拆解的對象，那麼，子嗣在社會中應如何定位呢？

她在廣場上與眾人睡在一起，有時與領袖相擁而眠。她偶然的嘔吐的現象使夥伴們擔憂，以為是連日勞累所致，便勸她隨醫護人員離去，稍事休息，但都為她拒絕了。

她隱約覺得這是她唯一的時刻，可以愛這個男子和這個城市。

如果孩子出生了，她將如何呢？

如果運動失敗了，她將如何呢？

她想找到一間醫院把孩子拿掉，然後，她又將蓄起長髮，穿有小花的縐邊洋裝到東區遊玩，暑假時到吉貝的沙灘曬太陽，住進敗德的建築家們設計的公寓中去。

這是運動到第八天時她睡在廣場上想到的。那時月亮剛剛過了圓滿，十分明亮地照耀在城市上空。四面鼾聲此起彼落，使人不容易聽到葉子低低的哭泣。

她流淚了，使她自覺是一個背叛了安那其的女人。「布爾喬亞的軟弱與自憐還在我身上如此牢固啊！」葉子愧疚地在心中呼叫著。

葉子背向廣場的中心躺著，她不願意領袖看到她流淚。但是領袖並沒有注意到她。廣場上只有領袖站立著，他憂傷而細緻的眼睛迷惘地看著天上的月亮。這樣圓而皎潔的月亮，彷彿使他記念起什麼遙遠的故事。在凶霸的布爾喬亞聯手起來敗壞這城市的時候，他預感著奪權運動的日形惡化。他也看到被月光照得很亮的廣場上一具一具用睡袋綑裹的安那其信仰者的入睡的身體。鼾聲此起彼落，與月光混成一片銅管的高音，像是號角吹起的輓歌。

「葉子……」他終於看到了她低泣的抽搐的背影，他說：「你所愛戀的我其實只是一頂偽造的美麗假髮。」

領袖從頭上緩緩拉下他異常美麗的頭髮，丟擲在地上。假髮和許多地面安那其的文件紙張一起四面飛散。

葉子回過頭時月亮已近中天，巨大而皎潔的圓滿的月亮照映著那孤立的男子的也是皎潔而圓滿的禿頭。

葉子雖然有一些悵然，但也並不驚訝，她只是更堅決地相信自己並不是一個忠實的安那其的黨徒，但那完全與領袖頭髮的真假無關。

（而我，始終是那個不發一言的人……）

李文吉／攝影

因為孤獨的緣故

我等候這一切，因為我知道娃娃已經失蹤了，

如同這遭天譴一般的城市中的每一個兒童的最終命運。

我為什麼會說起劉老師的故事，連我自己也不十分清楚。

「劉老師——」

我們只是偶爾在狹小的公寓樓梯間中相遇，錯身而過的時候禮貌地寒暄一下。

這幢公寓一共住了八戶人家，彼此都不怎麼來往。

劉老師住在四樓B的位置，他的對門四樓A住著娃娃和她單親的母親。有關劉老師的身世種種，我大部分都是從娃娃的母親張玉霞處聽來的。

「張太太——」

我最初按照娃娃的姓氏來稱呼張玉霞，她立刻否認了。

「叫我張玉霞，我現在是單身，娃娃跟我姓。」她說。

我一時不知道怎麼接口，就楞在樓梯間，唯唯諾諾說了一些「這麼早回來」之類不關緊要的話。目送張玉霞登上四樓，聽到她從皮包中取出鑰匙，哐啷哐啷開了好幾重鐵門的鎖，又開了木門，然後又關了鐵門，再關上木門。

我趕緊關了房門，跑進房間，和正在看晚報的我的先生說：

「噯，樓上四樓A的張太太丈夫不姓張唉！——」

我的先生冷靜地從他老花眼鏡的上方無表情地凝視著我。我意識到他並沒有完全了解事件複雜的內容，繼續做了如下的解釋：

「娃娃不是叫張國瑞嗎？他的母親——就是我們平常叫『張太太』的啊！她自己娘家姓『張』，叫張玉霞，是單親媽媽唉。」

「管那麼多事！」

我的先生在聽完我解釋之後，仍然沒有表情地回去看他的晚報。

我只有默默走開。

我想：這是一個社會變得如此冷漠的原因吧。

我和我的先生在最近十年間每天交談的話已經不超過十句了。最後一次是他發現看報的距離越來越遠，我勸他做一次檢查。我們一起到巷口的眼鏡行去驗光，驗光師說：「一定要配眼鏡了。」我的先生陰沉著臉，他偷偷跟我說：「眼鏡行的人只想賺錢。」我脫口而出說：「四十八歲，是要配老花眼鏡啦！」

我的先生發了很大的脾氣。在眼鏡行中我們有點不顧體統地吵起架來。我完全不記得我們吵架的內容，只是發現圍觀的人越來越多，而且大多露著冷冷的旁觀的笑容，我才藉故眼淚奪眶而出，蒙著臉逃回家去。

我們有好幾天沒有說話。

那年他四十八歲，我比他小兩歲，屬馬，但是，我在那之前兩年就已經配了老花眼鏡，我也鄭重告訴他，我的視力大不如前了，但是並沒有得到他的注意。

電視機中有一位心理學的教授在講解現代人的孤獨感，他說明現代社會個人承受的工作壓力，往往在現實生活中得不到紓解。看起來越來越開放的社交空間，其實因為每一個個體都缺乏真正傾心相談的家人或朋友，久而久之，內在的孤獨甚至變成保護自己的藉口，社會中到處充滿了冷漠的人際關係，「嚴重的社會問題就因此連鎖地產生了」。心理學教授結論性地這樣警告，並且指出他所說的「嚴重的社會問題」就是層出不窮發生在我們城市四周的自殺、吸毒、弒父、殺人，或兒童綁架案件。

我的先生仍然沉湎在晚報的閱讀中。

他越來越少說話的習慣曾經使我擔憂，在我們唯一的孩子（詩承）大學畢業出國留學深造之後，我幾乎變成了這三十坪的公寓中唯一喃喃自語的聲音。

我的聽覺卻似乎因為他的沉默異常神經質地敏銳了起來。

我可以聽到四樓A的鐵門一道一道開鎖的聲音。如果是張玉霞，開鎖的聲音比較快，一圈一圈急速地轉著，然後哐噹一聲鐵門重撞之後，陷入很大的寂靜中。如果是娃娃，這個才八歲的小男孩，卻有如貓一樣輕巧深沉的腳步。他通常從小學回家，一步一步登上樓梯，我便仔細聽著，我甚至覺得他也聽得到我的竊聽，偶爾停下腳步，似乎在檢查，那時我就心跳加速，彷彿被別人發現了自己不正當的竊窺，趕緊正襟危坐起來。

但是娃娃真是一個鬼氣靈精的小孩，他走在樓梯上的步伐完全不能捉摸。在你心跳才過，發現他已躡手躡腳到了四樓，從脖子上拿下鑰匙，插進匙孔，輕輕轉開鎖。當我努力全心傾聽時，我發現他又停了轉鎖的動作，然後依然是在我一陣心跳慌亂中，他已悄悄進了門。鐵門掩閉時也絕不像他母親那樣粗魯，只是金屬與金屬輕到不能再輕的一聲磕碰。

我覺得我的聽覺被娃娃訓練得更精密細微了。

但是，我聽不到劉老師的聲音。

「他走路怎麼像鬼？」有一次張玉霞這樣和我抱怨。

「是嗎？」我很好奇，張玉霞一定有具體的經驗。

「怎麼不，前天他走到我面前了我都不知道，一抬頭一個人在面前，差點沒嚇昏死過去。」

「在哪兒遇到的？」我說。

「樓梯間啊！你說有多怕人。」張玉霞猶有餘悸地向下望了望。

我以為這仍然是「現代人孤獨感」造成的問題。

我嘗試向張玉霞解釋電視中某心理學教授所說的「每一個個體都缺乏真正傾心相談的家人或朋友」的結果。

張玉霞似懂非懂地點了點頭，若有所悟地說：「他很喜歡孩子唉！」

「誰？劉老師？」我問。

「是啊——」張玉霞回憶地說：「有幾次我和娃娃一起，遇見了他，他就放慢了腳步，跟娃娃微笑。」

「也許我們應當對他對多一點關心。」我頗有感慨地補充了一句：「公寓中的鄰居彼此都太疏遠了。」

張玉霞並沒有熱烈響應的表示，漠然地藉故告別離去了。

我回到屋子中，覺得光線有點暗，這幢東西向的公寓，因為左右蓋了高樓，大白天也照不到陽光。我捻亮了燈，戴起老花眼鏡，把桌上詩承從美國寄來的信，就著燈光，又讀了一次。

在此間讀報，知道台灣最近常有綁架兒童的案件發生，勒贖巨款，甚至撕票，手法殘酷，令人髮指。

讀法律的詩承常常要表示他的社會正義感。他寄來的信很少有問候父母的話，大多是摘錄一些中文報紙上的社會新聞，加一點他自己的評論見解。

倒是因為詩承的信，我特別注意了有關兒童綁架的案件。

連續幾天，我特別追蹤了報紙上社會版有關這類案件的報導，也把電視上相關的新聞加以比較。沒有想到，正如詩承所說，兒童綁架案件已經如此普遍，而且手法殘酷，令人心悸了。

有一篇綜合性的報導我特意剪下來，寄給詩承，使他對這一問題有多一點可以參考的資料。這篇報導中我覺得最重要的一段，還用紅筆勾出，使詩承不致粗心錯過。這一段是這樣寫的：

城市中的兒童突然無緣無故地失蹤了。起初大家並沒有深究，以為不過是對有錢人家的孩子進行綁架勒贖而已。

但是，顯然城市兒童失蹤的現象越來越明顯了。去年聖誕節前後，城市警察部門的首長不得不出面向焦慮的市民做事件的澄清。他在電視上公布了一七三一件兒童失蹤案未能破獲的總數。群眾譁然了。緊接的幾天，由於國家內政主管部門強大的壓力，警政首長不得不再次向電視觀眾做更細節的報告。

他詳盡地分析了城市兒童失蹤案件中有百分之六十九點八的比率已顯然與「綁架勒贖」無關。他解釋說，這百分之六十九點八比率的「兒童失蹤」案件，其中的家庭背景都屬一般中下級的公務員或勞工。而且據報案的當事人所述，他們都沒有接獲任何勒贖巨款或威脅的信件與電話。

大家應當記憶猶新，警政首長在去年聖誕節到元旦間的一連串談話，造成了我們城市治安多麼大的恐慌。

在短短的一星期間，城市中幾乎不再看得見任何兒童的蹤影。許多父母禁止兒童在新年假期之後重返學校。

你能夠想像嗎？在此後的一個月之間，動物園、兒童遊樂場、玩具店以及幾家連鎖的售賣兒童服裝的公司相繼倒閉。

市立的動物園和兒童遊樂場被議員們交相指責，認為不能以牟利為目的，只好繼續營業，但是，據管理員敘述：連籠子內的動物都很訝異兒童的消失，露出惶惶不安的情緒。

有趣的是來自某宗教團體對兒童失蹤現象的證道。這一團體的負責人洪仲欽長老，列舉了基督教《聖經》中殺嬰的故事，說明由於救世主的誕生，引發當時民間盛傳「新王降臨人間」的耳語。這樣的耳語日漸蔓延，終於導致當時國王的疑慮不安，便下令將伯利恆初生的嬰兒統統殺死。洪仲欽長老的證道在北、中、南各地巡迴，使許多婦女匍匐痛哭，並聲嘶力竭，數千人跪求長老賜予神蹟，赦免世人的罪。

洪仲欽長老在各地信徒都陷入歇斯底里的恐慌中時，以極冷靜的表情在電視黃金時段的綜藝節目中出現，以緩慢而悠閒的手勢祝福信徒，並且安靜地說：「你們都沒有讀福音書嗎？那裡面明白地告示我們，救世主逃往埃及去了。」

洪仲欽長老的證道隔日被指責為有意的「以古證今」，在宗教的證道中暗指與洪長老有密切關連的某政治異議人士的逃亡美國。

一位政治評論家以「救世主逃往哪裡了？」為題，指責了洪仲欽長老的混淆宗教信仰與社會法律事件。這位犀利的評論家在結尾時更一針見血地說：洪仲欽長老難道不知道，那些痛哭祈求幫助的婦人，她們關心的並不是「救世主」去了哪裡，而是她們因為「救世主」而受牽連遭殺害的自己骨肉的命運。

是的，不到幾天，來自各地失蹤兒童父母親人的信件，一概表示「他們關心自己骨肉的命運」更甚於「救世主」。

在「兒童繼續將要失蹤」恐懼中的父母更是嚴厲指責洪仲欽長老的只關心「救世主」而不關心「被殺害的嬰兒」。

兒童失蹤案件演變成這城市中執政與在野兩黨的政治鬥爭是大家沒有料想到的。

原來因為各方壓力瀕臨解職邊緣的警政首長，忽然因為執政黨的轉敗為勝，獲得了城市領袖的親自垂詢，表示一定要打擊犯罪，把城市治安搞好。他在今年復活節前後在電視上出現時信心十足，表示雖然兒童失蹤案件在短短四個月間又增加了三〇九八件，但是，只要「全民一致團結」、「打擊犯罪」，「把城市治安搞好」是指日可待的。

但是，復活節才過了一星期，又有近兩百名的兒童失蹤，各位讀者，你們相信警政首長的信心呢？還是你們寧願相信洪伸欽長老的證道，認為這是一場因為救世主誕生帶來的浩劫？

這篇言論到此戛然而止。我把這份簡報在寄給詩承之前交給我的先生看。我想他是喜歡看晚報上的社會新聞的，或許會漏掉這一篇日報上的精采評論。沒想到他看完之後依然是冷漠的表情。

我說：「寫得好嗎？」

他拿下眼鏡，不屑地說：「這種記者拙劣得很。」

這其實是我意料中的反應。在我們近十年間每天交談不超過十句話的夫妻生活間，我早已意識到，那越來越短的十句話都變成了冷漠、不屑和傷害。

我曾經寫信向電視台那位心理學教授請教，表示我的無助。收到他助理的回信說，這可能是因為我的先生面臨退休的恐慌，或男子更年期的現象，勸我必須以理性待之，並在信尾開列了教授的一些書籍名目供我參考。

我其實是非常理性的。我甚至認真思考過，我為什麼不能像四樓的張玉霞，斷然離婚，過獨立自主的生活。

我很佩服張玉霞，她說「叫我張玉霞」的表情，我至今難忘。那一定是充滿了自信，有充分獨立自我的女性才能夠大聲說出來的吧。

但是，我們那一代，「離婚」是多麼難以啟齒的羞辱啊！等到我認真思考起「離婚」的問題，我才發現，我從不曾有過自己的存款。我拿著皮包走到街上，皮包中只有一串房間的鑰匙和這個月買菜的幾千塊錢。我想：那也可以過幾天獨立的生活吧。我就繼續往巷口走了幾步。碰到那個眼鏡行的老闆，他和我笑一笑，我緊張死了，彷彿被他抓到把柄似的，我一下呆住了，他說：「你到哪裡去啊！」我沒有回答。他又說：「上街啊！」自顧自走了。我又向前走了兩步，我才認真想起來，我在這樣大的城市裡沒有親人，沒有朋友，我甚至不知道是不是有一個旅館可以讓我住一個晚上。

我走到巷口，被尖銳的汽車喇叭聲驚嚇了，又看到眼鏡行老闆探頭和我微笑說：「回家嗎？再見哦。」

我就一步一步走回家去了。

走到公寓大門口，我對著紅色鐵鏽斑駁的大門，心想：沒有幾年，這鐵門怎麼鏽得這麼厲害。

我打開皮包，拿出那一串沉甸甸的鑰匙，找出其中的一支，插入匙孔，「噹」一聲，鐵門彈開了，樓梯間中很暗很暗，我停了一會兒，發現劉老師蹣跚走來，對著空空的巷子喃喃自語地說：

「一個城市，孩子都不見了。」

好一陣子我都沒有出門。我依然依憑我的聽覺知道公寓裡幾戶人家的出入。我也逐漸可以聽到一點關於劉老師腳步的習慣。或者說，不是聽出來，而是靠嗅覺嗅出來的。他依然是無聲無息的，但是我開始聞到他身上有一種氣味，就從那天在樓梯間相遇開始，一種近於肉類或蔬菜在冬天慢慢萎縮變黃脫水的氣味，那和夏天炎熱時的腐爛很不一樣。它並不強烈，所以不易察覺，但是一旦你開始嗅到了，你就發現這樣的氣味固執而且持久，更像是衰老或死亡的氣味（腐爛其實是很活躍的）。

我因此開始在越來越暗的房間中獨自坐著，安靜地呼吸那緩慢擴散開來的固執而持久的氣味。也可以分辨出氣味封閉在房間內令人窒息的感覺，或者，當劉老師打開了門，那氣味就從四樓慢慢流布到四處，然後，因為這氣味，我才發現他有細微到不能覺察的關門聲、腳步聲，以及他停下來眼睛逡巡的緩慢的聲音。

「和娃娃這麼像。」有一次我幾乎要驚叫起來。我聽到劉老師有和娃娃完全一樣的貓一樣窺伺、機警、躲閃的動作的本質。只有因為年老了吧，劉老師顯然遲緩了很多，但是，你仍然可以從那氣味和腳步的配合中聽到他詭異而機敏的眼神。

只有張玉霞的聲音沒有改變，仍然是可以不用專心就聽得一清二楚的。

城市中兒童陸續失蹤之後，張玉霞也像一般的家長不再讓娃娃上學了。

每天晚上，入睡之前，我的先生放下他的晚報，開始打鼾之後，我就清晰地聽到張玉霞給娃娃的特別訓練。張玉霞扮演綁匪，向娃娃撲抓，娃娃則機敏地閃躲。好幾次我從聲音判斷，那個動作粗笨的張玉霞都一頭撞在牆上。而娃娃輕易地閃躲之後，便抱著一只枕頭摀著嘴，嗤嗤地笑了起來。

我不敢太專心地聽，我覺得每次我太露骨地竊聽，娃娃都會忽然停止了笑聲，把那貓一樣的眼光轉向三樓。我趕緊閉上眼睛，假裝熟睡，學著我的先生均勻有節奏的鼾聲。

這樣的練習幾乎每天晚上重複，持續了很久，直到娃娃真的失蹤了。

「娃娃失蹤了。」

有一天張玉霞下班之後仍然如同往日大步大步走上樓梯，急躁地開鎖，「碰」的一聲重撞，鐵門閉上。

我從黝暗的燈光中站起來，走到門邊，我想：「這個可憐的憂傷的母親」，我等候著張玉霞在房中大叫，然後披頭散髮地衝下三樓，按我的門鈴，瘋狂地捶打我的房門，哭倒在我的懷中說：

「娃娃失蹤了。」

我等候這一切，因為我知道娃娃已經失蹤了，如同這遭天譴一般的城市中的每一個兒童的最終命運。

不是綁架，沒有勒贖，沒有恐嚇，沒有撕票的痕跡，他們只是像水在沙地上消失了。

但是我如何向哀傷的母親解釋這件事呢。

張玉霞一把鼻涕一把眼淚說起她如何懷了娃娃，還沒有結婚，娃娃的父親（張玉霞呸了一聲！）正在小鎮服役，他們彼此熱戀，然後他們發生了關係，論及婚嫁。可是，沒有多久，男子退役了，離開小鎮，張玉霞才發現她連這男人在城市的地址都沒有。她在另一批退伍返鄉的人群中尋找，一個好心的人來告訴她：「忘了他吧，他從入伍那一天就說，這兩年的兵役夠無聊，要在這小鎮上談一次戀愛，兩年後走了，互不相干。」

「一個卑鄙的大學生——」張玉霞紅腫著眼睛這樣說。

「可是，我佩服你啊——」我抓著張玉霞的手，由衷地說：「你一個人跑到城市來，找工作，把孩子生下來，租房子，買家具，把孩子一點一點帶大，給他取名字，用自己的姓氏。多麼聰明伶俐的孩子。」

因為我提起娃娃吧，張玉霞又痛哭了起來。哭了一會兒她惡狠狠地坐起來，她開始述說每天晚上對娃娃的「特別訓練」。我藉故給她加水走開了，我不想讓她識破我每天晚上都在竊探他們母子的行動。

她說：「不怕你笑話。我一個女人帶著孩子，在這樣的城市，我看慣了人的壞。我不能相信任何人。從我知道有兒童被綁架開始，我就告訴娃娃，在路上看到任何人都要當成是綁匪。男綁匪、女綁匪、老綁匪、小綁匪，還有偽裝成很善良樣子的綁匪。」張玉霞咯咯地笑了起來，她想到有趣的地方。她說：「你知道，我們每晚練習的時候，我們都化裝的。有一次，我還化裝成劉老師——」

「劉老師——」我忽然身上一陣寒涼，起了一片雞皮疙瘩。我嗅到劉老師身上那種菜類萎黃死去的奇怪氣味，這幾天一直蔓延在公寓四周，固執而且持久，不肯散去。

「我不是多心啊——」張玉霞繼續解釋：「他每次看到娃娃，都放慢了腳步，微笑著。他為什麼對娃娃那麼好？」

「他喜歡孩子。」我說。

「附近的人都這麼說，他以前任教的那個國小裡的老師也這麼說。」張玉霞顯然為了這件事做了許多調查，她說：「每個人都說：多麼好的一個人，多麼愛孩子。連退休了，還每天到學校來，陪孩子們玩，教孩子們做功課。把少有的積蓄都買了玩具、糖果給孩子。」

「那你還疑心他。」我說。

「不只我疑心他啊！你看，一個退休的國小教員老是往學校跑，起初都是認識的同事，也不怎麼樣，過幾年，學校同事也都退休了，新來的二十幾歲剛從師範學院畢業的老師，都不認識他了，『這是誰啊！一個糟老頭』他們發現學校門口老是有一個詭異的中年男子看著小孩們微笑，加上城市中又有幾件兒童失蹤案件發生，這些受過新式教育的年輕老師，讀過心理學，便一口咬定這是『戀童症』的個案，在學校行政會議中提出，以後，劉老師一在校門口出現，就由校警吹哨子驅趕了。」

「你調查得好清楚啊——」我望著滔滔不絕的張玉霞，我心中奇怪，她好像完全遺忘了娃娃失蹤的事。她因為娃娃，想起自己年少無知的戀愛；她因為娃娃，有點自豪又有點辛酸地回憶了多年來獨立為生活奮鬥的種種；她因為娃娃，覺得生活周遭充滿了陷害的恐懼。然而，娃娃真正消失了，她似乎什麼也不曾擁有過，或者說，她只擁有過「失去」的恐懼吧。當娃娃真的失蹤了，就連恐懼也連帶著變得虛罔了。

我這樣沒有憑據地分析張玉霞此時的心情當然是不公平的。對於一個單親母親的無助與憂傷我是應該付出一點的關心吧。然而我從來沒有像此刻這樣頹喪過，因為我似乎開始知道了這城市中兒童陸續消失的真正原因了。

因此，當事件發生的第三天，一名俊美而有些靦腆的警員站在門前說：「為了多了解一點有關劉老師的生活」，我反而冷靜到自己都有點訝異了。

這個年輕俊美的警員右手拿著一疊案件資料，左手脅下夾著他的警帽。

我把他請到客廳去坐，他原本有點僵直的姿勢，卻因為看到茶几玻璃板下壓的一張詩承的照片，忽然有點異樣起來。

「詩承——」他意外的表情，隨即漲紅了臉說：「您是詩承的——」

「母親。」我說。

他說是詩承在某南部的市鎮服役時認識的，那時他正在一所警察學校讀書，他們在每個營區的休假日便相約在火車站，一起到附近的海邊遊玩。

我不知道一向孤獨不善交遊的詩承有過一段似乎快樂的友誼。

「為什麼沒有來往了呢？」我問。

他又紅了臉，有些感傷地說：「後來大家都各忙各的了。」

他有點陷入莫名的沉思中了。

「你為了劉老師來的？」我提醒他。

「啊——是啊！」他打開手中的資料，向我解釋，我的鄰居張玉霞在孩子無故失蹤後去警局控告了劉老師，認為他涉嫌重大。

「我們想從鄰居方面了解一下劉老師，但是，你知道，這裡八戶公寓，其實有三戶是空戶，似乎已經長久離開這城市了——」

「是啊——」我打斷他，我說：「其實公寓中的鄰居也不怎麼來往。劉老師，也只是在樓梯間中相遇，有過幾次禮貌的寒暄，很和善的人啊，只是有一點孤獨吧，因為孤獨的緣故——」

「不，我們沒有懷疑劉老師與這案件有關。我們甚至向張玉霞女士提醒因為失子的悲痛可能造成的情緒轉移是可以了解的。這也是為什麼我們更希望從客觀的鄰居處得到一些資料。」

「不，我是說，因為孤獨的緣故，他特別愛孩子吧。」我這樣解釋著。

「是的，」警員笑了起來：「他的愛孩子是出了名的，我們訪問了所有他過去的同事，過去學生的家長，他們對他的愛心由衷讚美呢。」

「但是，多麼孤獨啊——」

我嗅到那固執而持久的死亡的氣息從門窗的空隙中逼近了。這個年輕善良的警員始終不會動用他的權力去搜捕劉老師吧。但是，我不知道，一旦有人踏進劉老師黑暗而發著臭味的公寓，會有什麼樣的反應呢？

我希望他臥室的那一扇門永遠不被打開。我希望，跨過他的床榻，那個異常高大的黑色的舊木櫃不會被注意到。

我終於了解劉老師身上久久散不去的死亡的氣息，是因為他鎖在黑色木櫃中那成千上萬的洋娃娃的殘斷肢體。

有一次在樓梯間相遇，他向我展示從垃圾堆撿回的一只洋娃娃的頭，被拔斷了，頸部有纖維斷裂的痕跡，但是碧藍的眼睛還是會動的。劉老師撫弄著說：「多麼慘，頭就這樣斷了。」

他在膝蓋不靈活之後，還是一樣每天走下四樓到小學附近的垃圾堆撿被丟棄的娃娃，一些頭、一些手、一些腳，被剝光了衣服的身體，他都塞在上衣和褲子的口袋中，使他看來臃腫蹣跚。然後他一步一步走回來，爬上四樓，把這些洋娃娃殘斷的肢體一排一排存放在黑色的大木櫃中，牢牢鎖好。

「詩承現在學什麼？」警員忽然問起來。

「啊，法律。」我說：「原來讀社會系，現在念法律。」

「是，他有一次跟我說：法律常常判道德的罪。」警員想了一下，說：「他終於學了法律。」

告別時我把詩承的地址和他新寄來的一張照片都給了這個叫林盟瑞的警察，希望他有空給詩承寫信。他有些意外，飛紅了臉，但是顯然很高興，一再謝我，並表示要再來看我。

在警員離去之後，我忽然想起是我先生將要回家的時間，便一步一步走下樓。我站在巷口，不知道從來沒有被迎接回家的我的先生會有什麼樣的反應。因此，雖然整個城市因為失去了兒童有些寂寞黯淡，我還是由於私下的好奇而有些興奮了起來。

梁鴻業／攝影

羊毛

在瀕臨死亡的邊界，才知道生的慾望這樣狂野強烈；
匕首的兩端被兩種不同的力量握著，
屠殺者和被殺者的對峙。

日光在沉厚的羊毛氈上漸漸消逝了。不是瞬間全部消逝，而是在一絡一絡一絲一絲的羊毛間一點一點地消褪。

羊毛如水紋，也彷彿在日光的流動裡活躍了起來。

這是曾經活過的一隻羊的皮毛。羊被宰殺了，洗淨了血跡，處理好傷口，經過硝製或曝晒，經過防腐、除臭或軟化的繁複手續；一張羊毛氈，擺置在客廳中，使人渾忘了它曾經是活著的一隻羊的一部分。

有機的生命變成無機的物質，無機的物質供養著有機的生命，我們怎麼去區分「有機」與「無機」的差異呢？

日光彷彿比我們更確定羊毛氈是活著的有機體，仍然需要愛撫、需要體溫，需要親暱和告別，需要眷戀，也需要孤獨。

只有人類的愛是沾帶血跡與殺戮的。

很早的人類就知道豢養羊群，為的是汲取牠們的乳，是可以宰殺後食用牠們的肉，剝取牠們的皮，製作成衣服、褥氈或篷帳。

一個征戰歸來的帝王，睡躺在羊毛氈上。他在民眾和軍士的歡呼中進城。他時而從躺臥的姿態立起上身，舉手回答群眾的致敬。但大部分時間，他獨自陷於沉思之中。他戴著紫瑛石戒指的手，無限柔婉地撫摸著羊毛氈上細細的紋理。他感覺到羊毛在他指間的糾纏，感覺到紫瑛閃爍的寶石的光幽微地映照在潔白羊毛間詭祕的變化。好像一種符咒，據說可以把死去的生命封存在咒語中，一旦咒語被破解了，生命便重新復活，被囚禁的身體也彷彿大夢初醒，開始轉動眼球，開始再一次感覺到肺葉中每一個細囊被清新的空氣充滿。感覺到原來乾澀的眼球四周滲溢出潤滑的淚液，感覺到死亡過的身體再一次復活的辛酸。

他躺臥在羊毛氈裡，他覺得群眾的歡呼是一片虛罔的大海，一波一波襲來，使他沉溺漂浮。洶湧澎湃的波濤，把他簇擁到浪的頂峰，又從高處摔下，碎裂成幻滅的浪沫，迅急在漩渦中消失，無影無蹤。

羊毛氈鋪成厚厚的床褥。床腳是木雕塗金的獅腳。床頂有淺紫色的紗帳。透著薄薄的紗，夏日炎烈的陽光被篩成細密的一片光。他眯起眼睛，使細密的紗帳下淺紫色的光被過濾成更微小的光點，浮游於空中，可生可死，可以是有機，也可以是無機的存在。

他在軍士腳夫抬動床轎的動作裡，感覺到進城的大路被刻意整理過。剷除或填平了凹凸不平的坑洞，用平整的花崗岩砌成，加上羊毛氈柔軟的厚度，他幾乎感覺不到一點點的震動。

他好像放任自己耽溺於一種安逸、慵懶，一種死亡般的遲緩與寂靜之中；任由那些喧鬧吵雜的呼叫聲變成虛罔的大海，而他在海底靜靜沉落，似乎與上面洶湧的波濤毫無關係了。

陪伴他在深邃的海底緩緩沉落的竟然只是那一張潔白純淨的羊毛氈。

他把臉頰貼向那密聚如毛髮的羊毛深處，呼吸那一叢一叢毛髮中釋放著的活著的動物身體的新鮮濃郁的氣味。

他發現自己全身赤裸，那件披在身上的紫色的錦繡的袍子不知何時失落了。連右手中指上那一枚紫瑛石的戒指也不知在何時丟失。這樣一個赤裸的肉體，彷彿解脫了一切人世的歡呼或咒罵，才開始回復成為一個人；一個如初生嬰兒的肉體，在無邊無際的闃暗中沉落。

他伸手觸碰自己豐厚又柔軟的嘴唇。在冰冷的海水中依然感覺到燙熱的溫度，「那一定是血色豐沛的嘴唇吧！」他想起黎明玫瑰初綻時的那種紅；不像視覺，更多時候，也覺得那是一種慾望的傷口，在茫然的境域張口，在茫然的境域昂首企盼，在茫然的境域把最燦爛豐盛的生命獻祭給死亡。

他記憶起戰場的殺戮中，他的劍，刺進一個敵兵的胸膛。在驚愕的叫聲中，他凝視那傷口，在美麗飽滿的左胸的正中央，在那微微隆起的胸肌的頂端，偏離著圓圓一粒乳頭的左下方約一公分，那匕首彷彿刺入了一個急劇跳動的物體。匕首被那在劇痛中痙攣牽動的振動影響，微微地顫動著。他緊緊握住匕首的柄，而匕首的另一端是一顆跳動的心臟；劇痛著，又無比地亢奮著。在瀕臨死亡的邊界，才知道生的慾望這樣狂野強烈；匕首的兩端被兩種不同的力量握著，屠殺者和被殺者的對峙。他們如同在性的交媾中彼此凝視高潮的愛侶，「愛人的身體原來是匕首最好的歸宿。」他茫然地胡思亂想。拔出匕首，在傷口彷彿嘔吐一樣噴出鮮濃的血汁時，他緊緊擁抱著那一剎那釋放出全部體溫的身體，緊緊緊緊地擁抱著，彷彿那是自己上一世的屍身。

我們都活在血泊中，各種不同形式的血泊，廝殺的血泊，或愛的血泊。

他把手指從嘴唇移到下頷，感覺一個即將三十歲的男子短而硬的髭鬚，像刺蝟的刺，從兩腮的邊緣一直延續到下巴。

他又移動著手指，從毛毿毿的下頷撫觸到堅實健壯的頸脖。他不喜歡柔細的脖子，他相信脖子的堅定和意志有關。他記憶起那遭受匕首殺戮的兵士，在死亡時，睜大了眼睛，他的脖子是挺直的，很清楚地透露著因為運動而富於彈性的肌肉和筋骨。尤其脖子兩側向肩膀拉動的肌肉，像一種極具韌性的筋束，緊緊拉動著兩肩的肌肉的力量。

他隨著一張羊毛氈沉落到不可名狀的海域，記憶的海域，幻想的海域。

只有在那無邊無際的海域，他發現自己如此赤裸；如同那一張羊毛，因為從某一個活躍過的肉體身上剝下來，有著特別潔淨的白。

他像浮沉於母體子宮之中，而那張羊毛，也如初生時的胞衣。

「只是太潔淨了。」

他在泅泳中拉動著腹股之間的肌肉，很清楚地感覺到從臀部帶動的力量。許多水流，也彷彿一縷一縷的羊毛，從他的兩胯之間，從他輕柔的小腹及腿股之間迴繞。

羊毛有時漂浮到比較遠，好像水藻或白色的珊瑚，他並不刻意去靠近；但是水流的規則會使羊毛和他逐漸回流到一起，彷彿他們終究是不能分割的。

他無法了解生者與死者之間是否也是如此，無論漂流離散到多麼遙遠，最終還是不可分割的一個整體，宿命地依靠在一起。

古老的族人相信，殺死一個人或一隻動物，那被殺的靈魂便依附在殺者的身上，成為殺者的一部分。那死去的身體未完成的愛或仇恨也依附在殺者身上，要由殺者繼續去完成。

「所以，那死去的敵兵的愛與恨已經依附在我身上了。」他仔細用手諦聽著自己在左側胸肌下一顆怦怦跳動的心臟。

好像那顆焦慮不安的心臟渴望著一把鋒利的匕首。渴望那匕首的尖刃緊緊插下最柔軟的內裡，而那些柔軟的組織便努力堅韌起來包裹著那冷冷的刀尖；那些燙熱的血液便一次一次，彷彿永不停止的潮汐，噬舔著匕首的形狀。

「匕首停留在心臟中的時刻，也便是我們相互瞪大了眼睛凝視對方的時刻。」

他回憶起一剎那間，那心臟透過匕首傳來的彷彿擂鼓的亢奮，刀柄在他手中劇烈顫動的時刻，被殺者的憂愁或狂喜已全部如符咒般進入他的身體。

「我是帶著你的憂愁與狂喜活著的。」

他回想起少年時族中的獻祭，他總是被父親命令去山野上捕殺最善奔跑的羊。牠們奔跑著，他也奔跑著，他勝過許多隻羊，一旦他超越過那幾隻羊。羊便跪伏下來，彷彿俯首認命，可以任由他宰割。

但是，他沒有忘記父親的訓示。

「一定是最矯健的羊，跑在羊群最前端的羊，才是神所歡喜的獻祭。」父親說。

他於是在石塊磊磊的山野坡地上狂奔，跳躍過所有被他的矯勇嚇得匍匐在地的羊群。他孤獨地向前奔去，朝向那遠遠跑在曠野前方的孤獨的羊。

殺者和被殺者都是唯一孤獨的。

「唯一的孤獨者。」

他在那一剎那，手指的指尖接觸到羊後腿的足踝，他感覺到把生命與速度爆發到極限的力量，僅僅是後蹄的一點點接觸，便彷彿被電擊一般使他全身震顫了起來。

他的全身向前衝刺，遠遠看來，他的身體和羊的身體是兩條水平線。像兩支向前射去的箭，在那一瞬間的接觸裡，他的手急速抓緊羊的足踝，然後，他們一起滾落在土坡上。泥土、汗、身體喘息時的氣味，劇烈的心跳，他們糾纏在一起，那賁張的羊的呼息使他像緊緊擁抱著自己，自己瀕臨死亡時那種急劇要掙脫的狂烈的震動。

羊最終被獻祭了，留下一張潔白的羊皮，只有他，記憶著羊的怨恨或自負活著；他的身上留著被殺者的符咒。

因此，當他和羊皮一起沉落於海底時，他嘲笑了愚庸群眾的歡呼，對他來說，他和死去的羊，以及死去的兵士，是同一個符咒裡的故事。

梁鴻業／攝影

救生員的最後一個夏天

「深情與無情，在某一個意義上，是多麼相像不可分的狀況啊！」

Ming心裡這樣喟嘆著，他有著極深的孤獨之感，

覺得進入不了父親的世界，也進入不了母親的世界。

他蓄著短髮。上身穿一件白色圓領的短袖T恤。胸口上印著「Life Guard」字樣。做為救生員來說，他的皮膚沒有那麼黑。一種淺棕色調和著有光澤的金黃，使他的面龐看起來健康中帶著斯文的秀氣。加上他戴著一副銀色金屬邊框的圓眼鏡，越發沒有一般救生員太過粗獷野氣的味道。

「風太大了。」Ming說。

「嗯。」他原來坐在一個大約兩公尺高的鋁架上，上面支著一張黃紅兩色的太陽傘。他經常這樣躲在傘下的陰影處，所以，夏日暴烈的陽光不常曬到他。這是他經歷一個夏天的救生員工作而沒有曬得焦黑的原因吧。

但是，今天風很大。從曠野那邊吹來的風使太陽傘不斷搖晃。有時候整張傘被吹翻了，像一朵花一樣向上張開來。他就必須從椅子上站起來，重新把傘收好。

他橫跨在鋁梯上。因為雙手高舉整理太陽傘的傘骨，T恤下露出纖細又結實的腰。一條深藍色的運動短褲，在褲緣下方繡了白色的「Life Guard」的字樣。

Ming看著他把龐大的太陽傘一摺一摺收好，好像電影中的仕女細心收她們的摺扇一樣。他整理好傘的每一個摺痕，然後在傘的中段和口沿部分各用一根紅色的帶子紮緊捆好。

Ming躺著曬太陽，看到救生員橫跨在鋁梯上，因為用力，小腿的肌肉，膝蓋的關節，足踝以及踏在梯子橫槓上的腳掌都顯出力量，像從解剖學的書上看到的狀態。

他發現從躺著的角度仰望一個人的身體，所得到的印象是和平日非常不同的。一個似乎變得很巨大的身體，後面是夏天炎熱發藍的天空。沒有一朵雲。雖然在太陽眼鏡的鏡片後面，還是要瞇起眼睛，過濾掉太強烈的光線。看著綁好太陽傘的救生員站在梯子上，彷彿欣賞完成的作品。

「風太大了。」Ming說。

「嗯。」

救生員從梯子上跳了下來，Ming的臉上多了一片陰影。

「很少有風從這個方向來。」那片陰影裡的人說：「那邊有這個山頭上的最後一片蔗田；聞得出來嗎？風裡面有甘蔗的甜味。」

Ming深深吸了一口氣。他不確定是不是甘蔗的甜味。含著日光溫度的空氣裡，有山上紅土乾旱的氣味，有野生雜草被炙曬的辛辣，也有站得很近的救生員身體上不容易形容的一種氣味。

「你搽了防曬油嗎？」Ming說。

「沒有。」他搖搖頭，好像有點憂愁地抬頭看看天。

「這樣的風不會帶來雨。」他說。

Ming翻過身，看到草地上救生員的影子。影子裡的草有著不同的綠色。被強烈的風吹颳，綠色和日光一起閃動。這一片草坡一直連綿到遠處，草坡被風梳理出一種紋理，從深綠到淺青色，也夾雜著一塊一塊的棕黃。再遠一點就是救生員說的甘蔗田，是墨綠混合著褐色的一大塊。他不知道為什麼這片山頭上還存留著最後一片甘蔗田，如同他也不知道為什麼救生員綁好太陽傘之後，跟他說：「這是我的最後一個夏天。」

早上吃早餐時，父親把白煮蛋剝出的蛋黃給Ming，然後說：「我決定去荷蘭結婚了。」

「跟Charlie？」Ming並不訝異。

「還會跟誰呢？」父親笑一笑，「難道跟你母親嗎？」

「媽不會嫁你的。她說過，她只是要跟你生一個孩子。」Ming把蛋黃切成四份，把

「Ming，你錯了，我不是不愛女人，我也不是只愛男人。」父親篤定地說下去：「我愛過你母親，我此刻還深愛著Charlie。」他停了一會兒，似乎在等Ming心情平復了才繼續說：「Ming，愛不可以被量化吧。我們也許因為恐懼孤獨吧，所以我們才把一個人歸類成『同性戀』族群，或『異性戀』族群。我不以為我的愛與任何『族群』有關。我愛你的母親，她是唯一的，我也愛Charlie，他也是唯一的；他們，對我，都不可取代。」

「我呢？」Ming有點發狠的表情，逼到父親面前：「我是你十八歲的兒子？還是一個算得上俊美的男子？我可以是唯一的嗎？是你不可取代的對象嗎？」

父親悻然離座而去。Ming仍不肯放鬆，他追到門口，大聲說：「你這麼開明理性，你一碰到『亂倫』就退縮了嗎？」

Ming退回到餐桌，仍然面對著面前切得整整齊齊的三小塊蛋黃，以及父親的盤中那一小角四分之一的蛋黃。他甚至訝異自己怎麼能把蛋黃切得那麼精準。好像隨時合起來，它們就可以恢復成原來的樣子，可以一點沒有被切剖開的痕跡。

大約在三年前開始，父親身體檢查，獲知了膽固醇過高，此後，每次早餐習慣吃一個蛋的父親，就由Ming主動控制，把蛋黃切成四分，只分給父親四分之一。第一次這樣做的時候，父親微笑了，他說：「我有了監護人了。」以後，這個早餐上的動作變成固定的儀式，三年來沒有任何改變。

「Charlie會這樣做嗎？」有一次Ming好奇地問。父親一個星期有一天住在Charlie處。那一天的早餐，Ming面對著一個完整的蛋時，常常會想起這樣的問題。

「沒有，」父親說：「Charlie沒有那麼細心。」

把一個渾圓的蛋黃切開成精準的四份，Ming做這樣的工作，好像在學校裡做建築設計的模型，他對自己目測的能力，手的技術都有足夠的自豪。

他和母親談起來，母親讚許地說：「很像一種基本設計的課，是不是。」

「用蛋黃做基本設計？」Ming有些不解。

「用切開成四份的蛋黃形狀，每一份中都有曲線和直線，有兩個平面和一個曲面，你可以用這個形狀構築一個住宅、一個家、一個空間的概念。」

「你相信『家』嗎？『家』對你的意義是什麼？」

「我相信『家』的最小單元是『人』，」母親思索了一下：「這些最小單元有機地組合著。看起來有時候像是『家』被破壞了，但是，也可能不是破壞，而是重新組合。我們其實不知道這些最小的單元還有多少組合的可能，父親、母親、爺爺、奶奶、兒子、女兒、孫子、孫女、姑姑、舅舅、叔叔、嬸嬸……組合的過程一直在變化，看起來不像『家』了，但又似乎組成了另一種形式的『家』。」

「你在幫我做學校的設計作業嗎？」Ming笑了起來。

「母親是美麗的。」Ming常常這樣想。很少女人像母親這麼美。她完全不化妝的面容有一種潔淨。額頭的線條飽滿自信又異常地謙遜，好像太知道自己的完美，反而自足到沒有任何和別人競爭的心思。Ming用很長的時間觀看母親。這個女人，他想，愛過一個同性戀的男子，生了一個兒子，而後大部分時間獨居著（偶然有過小小的戀愛，母親微笑著說）。Ming有些詫異，這個女人，從任何世俗的角度來看，不是都應該是可憐而且孤獨的嗎？

「但是，母親是美麗的。」

「你知道——」Ming似乎想挑釁母親的完美，他說：「你知道，爸要跟Charlie結婚了，去荷蘭。」

「嗯，他在電話裡跟我說了。」母親說：「荷蘭是個有趣的國家，不是嗎？」

Ming不確定母親是否在避重就輕，他繼續問了一句：「你不嫉妒Charlie嗎？」母親笑了，歪著頭想了一下。（母親這樣的表情真美，Ming心裡讚歎著。）

「我們三個人是很好的朋友——」母親停了很久，笑著問Ming：「這樣的答案不像在回答你的問題是不是？」

「你還是堅持『人』的單元觀點，跟男人或女人的問題無關？」

「我不完全確定是——」母親陷於習慣性的思索的表情，好像沒有什麼事有絕對固定的答案，她說：「我也許覺得『男人』或『女人』只是『人』的一部分，不是全部。『嫉妒』也是一樣，我嫉妒Charlie嗎？」她想了一想說：「也許吧，但那也只是我做為『人』的一部分，一小部分，它不會，也不應該干擾我做為『人』的全部，是不是？」她習慣用詢問的方式結束。

Ming每次和母親的交談似乎都停止在這樣的狀態。一種看來完美卻又完全沒有固定答案的狀態。好像倒影在流動的河水中一片一片的雲的光影；水流、雲、日光、天空，交疊成一片，但是似乎又各不相干，他看著母親，不能了解，這個女人如此完美自足，是因為她極深情，還是極無情。

「深情與無情，在某一個意義上，是多麼相像不可分的狀況啊！」Ming心裡這樣喟嘆著，他有著極深的孤獨之感，覺得進入不了父親的世界，也進入不了母親的世界。

「他們不像是父親、母親；他們是我生命中深愛的一個男子、一個女人。」Ming自己解嘲似地這樣下著結論。

「所以，面前這個安靜的救生員，也是我可以戀愛的對象嗎？」Ming看著這個「男人」，或這個「人」，完全不是激情，也甚至不是慾望，只是一切人的關係的禁忌撤除之後，對「可能發生的事」的好奇吧。

「所以，說一個故事吧——」Ming邀請救生員（「我叫阿星，」他說。）在一邊的躺椅坐下，遞了一支菸給他。

「我喜歡一種寂寞——」阿星說：「你知道，沒有人能了解，為什麼在這樣荒僻的山頭會有一個游泳池。」

「為什麼？」Ming才想起來，要騎大約一小時的摩托車，沿著一直上坡的路，經過一座醫院，然後是一大片墓地，麻麻密密的墳塚；經過一個似乎是軍隊的訓練營地，在一片長得並不好的甘蔗林的盡頭，開闢出了一座游泳池。

「嗯，沒有想過，為什麼在這裡建了一座游泳池。」

大部分時候，因為從西面海上吹來的風很強。整座山頭其實是一個低矮的台地，並沒有可以遮蔽風的屏障。山頭上原來遍生著相思樹和芒草，以後為了甘蔗的產業，樹木大都被砍伐了，開闢成一畦一畦的甘蔗田。風遠遠吹來，山頭上更沒有遮擋，使得空氣非常乾燥，尤其在陽光炙熱的炎夏，風吹來，熱烘烘的，帶著甘蔗甜烈的氣味。甘蔗的莖葉很細，在風裡刷刷地響。

「我是在這片山頭長大的。」阿星說。

他寂寞的回憶裡有好多好多濃密的甘蔗田。跨過紅土堆成的田隴，鑽進甘蔗田裡，鑽進嘘嘘刷刷的蔗葉搖晃聲裡。好像許多嘈雜的聲音，風的聲音，葉子的聲音，遠遠的營地打靶的聲音，子彈一發一發「咻——」、「咻——」劃破空氣的聲音；以及聽得很清楚在蔗葉茂密處男子和女子私會調情及撫愛的呻吟聲。

在甘蔗砍收的季節，許多臨時被雇用的男女工人，住在附近簡陋的工寮。天氣極炎熱，男子多赤膊，穿著迷彩的仿野戰短褲，扛著大約二十枝一捆的甘蔗，哼哼嗨嗨跑在田隴上。身體被曬得油黑油黑，被汗水洗得發亮。女工們頭上戴斗笠，用一條布，連斗笠一起包下來，密密地遮住臉龐，在下巴底下打一個結。穿著花色鮮豔的襯衫，戴著手套，握著一柄砍刀，一刀一刀砍斷甘蔗。甘蔗應聲而倒，女子伶俐地左手抓住蔗身。再一刀下去，砍掉梢頭上一撮葉子。把紫紅發黑的一根根砍好的甘蔗丟在田隴上，等男子來捆紮、扛走。

「有時候我躺在四面都是甘蔗田的空地上，抬頭看天上一朵緩慢飄來的雲。我會想，這一片雲飄到我頭頂，就會下起雨來。我也幻想，一片雲飄來，落下雨來，雨落在游泳池裡。可是——」阿星憂鬱起來：「那時，這裡還沒有游泳池。」

山頭上為什麼有一座游泳池，長期以來一直是一個沒有人知道的謎；當然不是因為阿星的幻想。

阿星童年到長大，通常幻想都不會實現。

「幻想如果實現，就不叫幻想了。」Ming安慰他。

「最早的幻想——」阿星望著另一座山頭上一朵雲的影子，他說：「也許是和母親蹲在一起，變成兩朵沉默的蘑菇。」他笑了。

「蘑菇？」Ming顯然不解了。

「母親在醫院住了很久，她的重度憂鬱症必須吃很多藥。吃很多藥，才睡得著。醒了，她就兩手抱在頭上，蹲踞在牆角，陰暗的牆角。一蹲一整天，醫生、護士怎麼跟她說話，她都不理睬。父親受不了，就罵她『神經病』。用腳踢她、踹她。她還是一動不動。被踢倒了，很快又蹲好，兩手抱著頭，一臉嚴肅認真。我那時候十歲吧，我知道母親是一朵蘑菇。她長在一棵葉蔭濃密的大樹下，旁邊都是青苔。她必須很沉默，不能有任何聲響。她害怕驚動靠近的熊、狐狸、蛇，她甚至也害怕烏鴉和山雉，害怕牠們尖尖的喙，害怕牠們的利爪。我幻想也變成一朵蘑菇，可以陪她，使她減少恐懼。在醫生、護士和父親都離去之後。我就即刻蹲在她旁邊，雙手抱著頭，一動也不動。我偷偷用眼睛的餘光看她；但是她沒有反應，仍然一臉認真嚴肅的表情。在月光透過病院的窗戶把庭院中的樹影映照進室內時，醫院病室白牆上灑滿了搖晃的葉蔭。我聽到一些入睡的病人發出微微的鼾聲。我的腳有點發麻。我正在懷疑，我是否無法變成和母親一樣的一朵沉默誠實的蘑菇，母親忽然轉過頭來，流著眼淚說：「原來你也是一朵蘑菇。」」

Ming覺得這是一個不快樂的故事，他忽然好奇為什麼阿星會在這樣一座荒僻的山頭幾乎無人的游泳池做救生員。

「我只有夏天在這裡工作。」阿星說（他把手中的菸蒂輕輕彈出去）：「你不想知道有關蘑菇故事的結局嗎？我的母親，給我的幻想褒獎完之後，那一個晚上，我一直抱著頭，蹲著睡著了。我一定是微笑著睡去，覺得自己幻想終於成真的快樂。然後，我在清晨被嘈雜的人聲吵醒。他們告訴我：母親死了。用一把削水果皮的小刀割斷喉管，流了一地血。原來陰暗的牆角忽然積聚著血泊，葉蔭和青苔都不見了。我哭起來。我終於知道，我一生的幻想都不可能實現；我無法變成一朵和母親一樣認真的蘑菇。」

「你想，阿星，我有可能會愛上你嗎？」Ming說。

「不會吧——」阿星笑起來：「這是我的最後一個夏天；救生員的最後一個夏天。」

三天以後，當Ming再去游泳池時，看到阿星仍坐在樹蔭下的鋁製高椅上發呆，Ming和他打招呼，他說：「嗨，阿星。」但阿星沒有反應，他點點頭，笑一笑，很機械地說：「你第一次來游泳嗎？」

Ming發現阿星完全不記得他們相遇過的事。他在Ming游完第一次的三十分鐘後，又忽然說起有關母親和蘑菇的故事，並且在結尾時仍然強調：「這是我的最後一個夏天，救生員的最後一個夏天。」

「憂鬱症是這麼有趣的事嗎？」杏子有些生氣地在聽完Ming的轉述之後悻悻地表達她的不以為然。

「你要嘗試同性戀，也不必非找憂鬱症不可吧！」她加重語氣地責備Ming。Ming爬在杏子的身上，用牙齒輕輕咬著她裸露著的乳頭。杏子嗤嗤笑著，雖然有些亢奮起來，卻用手把Ming推開了，她說：「你的設計還沒做完呢，明天上課怎麼辦。」

「唉唷——」Ming四腳八叉翻過來，唉聲嘆氣地說：「那麼爛的教授，做了也是白做。」

「白癡——」杏子瞪他一眼：「不做愛，怎麼生出孩子啊！」

「不一定啊！」Ming抗議說：「他們只是性交呢！不是做愛，他們一定不懂怎麼樣輕輕咬一個女人的乳頭。」Ming大笑起來。

Ming聞到床單上一股陳舊的帶點腥臊的氣味。他皺皺眉頭。其實不只是床單，整個房間，包括牆上水漬的痕跡，斑駁發霉的地面；拉鍊壞掉，張著一片塑膠皮的簡陋衣櫃；堆得亂七八糟的一張夾板架在兩張長板凳上的桌子，以及散置一地的書、CD、髒襪子、內衣褲……。這就是大學的生活嗎？Ming覺得一種無來由的厭煩。厭煩自己，厭煩自己在這種大學生活裡像一種蠕動的蛆。他，和杏子，和許多在這樣小小隔間裡做愛、吃泡麵、上網胡扯閒聊的大學生一樣，在過著一種如此廉價的生活。「廉價而且庸俗的生活」，他這樣想。但是走不出去，好像一個深窪的坑洞中的蛆，爬也爬不到光亮的地方。那樣壅塞著，要是連蠕動都沒有，會被當成是死去了吧。但又還有著小小的蠕動，連憤怒也是，抗議也是，甚至連做愛也是，只是沒有氣力的一種蠕動。

杏子竟然睡著了，年輕而且十分嬌憨的臉孔透著微微的紅暈，鼻孔呼吸響著咻咻的鼾聲。Ming舉起手從杏子的頸項到胸部模擬著起伏的曲線。好像在撫觸，卻並沒有撫觸，他懸在杏子肉體上的手；好像在經驗一種既熟悉又十分陌生的記憶，不太能確定，因此常常在某處停頓，手懸在半空中，像在召喚記憶。

杏子雪白的胴體上有淺紫色被口唇吸吮或齧咬的斑痕，但連那樣醒目的斑痕，Ming也覺得十分陌生，「這是我吸吮齧咬的嗎？」他茫然地問著自己，覺得虛弱而且悵惘。

「當性愛過後，是否記得的將不只是肉體上一些淺紫深紫被口唇吸吮或齧咬過的斑痕？」Ming這樣想：「有什麼是比這些難堪的斑痕更好一點的回憶呢？」

他把硬紙板用美工刀精細地切割成一小塊一小塊，每一塊大概是一點八公分正方。

「為什麼是一點八公分正方？」他停下來問自己，卻並沒有答案。他在杏子熟睡的胴體旁細細地工作著。好像切割紙板是一種儀式，類似祭奠時折疊的冥紙，純粹只是一種手的動作，可以使人免於思索的憂愁。他又用這些切割完的小小正方形的紙板砌疊成一個一個小小的空間。空間向左右、前後、上下發展。他並沒有預設一定的規則，只是覺得每一個空間孤單時，便在周邊加設另一個空間。他把這組合逐漸加大、形狀更複雜的造型拿在手中，顛來倒去，假設這個似乎在不斷分解、又不斷增殖的空間裡感覺到一種完全不能確定的未來。

「這是一幢建築？這是一個造型？這是一種秩序？這是一個城市？這是一種規則？這是一種變化？這是一種繁衍？……」

他嘗試用許多不確定的質疑和試探觀察手上的物件，嘗試找到答案，卻無所得。每一次的答案都演化成新的錯誤；然而，每一次錯誤又被修正調整為新的答案。

「阿星——」他在那些空洞的方形空間裡詢問著：「這是一個救生員的最後一個夏天嗎？」

「我對你的愛戀挽回不了如此絕望的季節嗎？」

杏子在發皺彷彿一張憂愁大臉的骯髒床單上呼呼大睡。忽然翻過了身，把乳房壓在下面，翹起高高的臀股。

如此淫猥而又天真爛漫的姿勢使他心中悸動。他把流淚的臉龐貼近杏子的臀股，用口鼻磨廝著那神祕如深黝洞窟的區所。他短而粗直的頭髮一定戟刺了杏子，杏子搔癢地笑醒過來。看見他手中拿著一個許多方形小紙板黏成的東西，如同萬花筒般繁複錯雜，如同水晶被切割成許多折射面，閃爍著千變萬化的光。她伸手去搶。Ming高高舉起手來，用三根手指輕輕頂著，如同一頂皇冠。兩具赤裸的肉體都從床單上蹤躍起來，像從海的浪花中向上蹤躍的魚。然而Ming的手舉得太高了，杏子如何也搆不著。她奮全力向上竄跳，幾次覺得那「皇冠」就在指尖了，卻不料肉體的重量又使她墜落。

她想像到自己是一尾大海浪花上向上蹦跳的豚魚，不禁笑了起來，笑倒在床鋪上，求饒似地說：「不跳了，不跳了，難看死了，像兩尾魚——」

這時，Ming站立在床上，右手高舉，那頂「皇冠」仍然高高在上，幾乎要碰到屋頂的天花板。Ming沉默了一會兒，忽然覺得那精密的每一個方格的空間都如此孤單，「雖然，我假設它們上下四方都有另一個依附的空間」，他有點沮喪地告訴自己：「附加再多周邊的空間，個體仍然是純粹孤單的。」他仰望著那些組織繁複的小方塊，密聚著，看起來非常牢固，卻不知道為什麼，忽然全都潰碎了，一片一片掉落下來，分崩離析，像雪片、像花瓣，紛紛掉落，每一片一點八公分正方形的小片，好像一種繁華的回憶，從空中一一降落。

「啊，你的設計——」杏子驚叫起來。

「嗯——」Ming心裡很篤定了：「的確是救生員的最後一個夏天。」

因為孤獨的緣故——作品刊登年表

作品	刊登時間	發表刊物
熱死鸚鵡	一九九八・八・一	中國時報・人間副刊
婦人明月的手指	一九八九・十・十七	聯合報・聯合副刊
舌頭考	一九八九・九・廿六～廿七	中國時報・人間副刊
豬腳厚腺帶體類說	一九九〇・七・十一～十二	中國時報・人間副刊
安那其的頭髮	一九九〇・五・二十	中國時報・人間副刊
因為孤獨的緣故	一九九二・十一・廿四～廿五	中國時報・人間副刊
羊毛	一九九九・七・十八	自由時報・自由副刊
救生員的最後一個夏天	二〇〇一・一・十一～十四	中國時報・人間副刊

因為孤獨的緣故——附錄之一

評《因為孤獨的緣故》

東年

清明透澈的理性和機靈深邃的趣味，使本書的閱讀是一種愉快的享受。

在蔣勳的十七部著作中，有論著、藝術手記、詩畫、札記、詩以及散文；這是他的第二本小說。以短詩和插畫為小說破題，我們相信作者自己也享受了創作和才氣縱橫的樂趣。

本書總共收六篇小說（編按：指時報版），探討都市生活、社會運動和本土文化為題，但在廣泛邊際內密緻地描繪人性的荒謬，欲於愚昧沉悶的灰彩中為讀者裂開希望的罅隙，顯然是作者的旨趣。

以詼諧輕鬆的形式暗藏嚴肅的主題，在中西文學都有偉大的傳統和精采的表現，當然佳作難得，因無豐富的智識、高度智慧，特別是對人的善意、詼諧幽默通常難免造作陰狠的結果；本書是個異數，以寫實為主流的台灣小說創作中，這本小說另闢蹊徑也值得說明。

孤獨乃是一個人內在自我、與他人人際，以及外在社會總體關係失調的結果；身處當今世界，吾人或許需動用另一種思想的邏輯和知識的結構，一如書中所欲表白的。

——原刊一九九三年五月廿七日《聯合報．讀書人》

因為孤獨的緣故——附錄之二

怪世奇談

王德威

蔣勳以詩歌及藝術評論見知於文壇，小說並不是他以往創作的重心。數年前的《傳說》，成績僅屬差強人意。《因為孤獨的緣故》是蔣勳最新的一本短篇小說集，收有八九到九二年的作品六篇，另有一篇權充代序的散文體小說〈一只頭顱〉。這一回蔣勳應是探出一條屬於自己的門路了。這六篇小說寫光怪陸離的社會，寫浮游社會裡的幽幽魂靈，也寫無所止息的慾望。蔣勳以詩人之筆作小說，他對敘事結構的掌握，也許還不完全得心應手，但他的想像，時有神來之筆，在在為讀者帶來意外的驚喜。

這六篇小說都述說了什麼樣的故事呢？一隻鸚鵡的離奇死亡事件，隱約透露出一座城市的躁鬱情緒，及無可排遣的情慾（〈熱死鸚鵡〉）；一位婦人陷身白晝搶案裡，捨得了九根手指頭，捨不得她的鈔票（〈婦人明月的手指〉）；政治煽動家在豬腳中找到野心的藉口或救贖（〈豬腳厚腺帶體類說〉）；在頭髮中發現意識型態與性的圖騰（〈安那其的頭髮〉）；女性以及像女性的男人們，用舌頭戰勝了陽具（〈舌頭考〉）；兒童的詭祕失蹤現象，暴露了一個社會無可救藥的敗德症（〈因為孤獨的緣故〉）。

蔣勳的小說天地充滿了可嗔可怪的事物，令人側目。而他竟以見怪不怪的從容筆觸，述說著這一則又一則的怪現狀，其間所形成的張力，遙擬卡夫卡式情境。在一個價值混亂，表象體系崩解的時代裡，任何對現實的觀察與模擬，終必導致觀察本身的扭曲、模擬行為的質變。蔣勳以小說「形式」的怪，表達他不能已於言者的感慨與錯愕。何以婦人明月（及周遭的人物）對物慾的親近，竟勝過對身體髮膚的痛惜？何以政客的悲劇與鬧劇演出，是如此的錯亂難分？何以一個社會對身體、情性的壓迫，是這樣的不近人情？安穩的寫實敘述，不再能傳遞這些質疑。蔣勳以不寫實的手法，嘲諷他所描述的社會，也嘲諷自己的寫作情境：小說的荒謬其實哪裡比得上現實的荒謬？

六篇小說及序文中的主要意象，都圍繞著身體各個器官而發展。身體不只是新陳代謝的生理器官，它更是情慾流轉的源頭、禮教制約的基地、意識型態鬥爭的最後戰場。儼然回應著傅柯（Foucault）對性與政治的隱喻，蔣勳好生地從生理器官中建構了他的道德象徵體系。這一形而下的視野自然已含有嘉年華式的、反道統的慾望。然而蔣勳有關身體的故事都是斷裂的、充血而無從發洩的、甚或虛假的。藉著滾動的頭顱，割斷的手指，「昂揚而憤怒」的陽具，穿戴自如的「安那其假髮」，喋喋不休的舌頭，蔣勳告訴一則又一則不完整的身體寓言，無從銜接的社會論述。有黑色幽默（如〈舌頭考〉及〈婦人明月的手指〉，像極果戈里（Gogol）的故事如〈鼻子〉），也有感傷嘲弄（如〈熱死鸚鵡〉、〈安那其的頭髮〉），讀來確是引人入勝。而作為一本小說「集」而言，《因為孤獨的緣故》也必質疑自身的完整有機性。

就小說技巧而言，寫得最好的應屬〈熱死鸚鵡〉及〈婦人明月的手指〉。前者藉一青年醫生對（同性戀）情慾的掙扎，對知識的探索，寫出一篇機鋒處處的後現代生命即景。小說中那隻被熱死的學舌鸚鵡既富有性的象徵，也突顯蔣勳嘲弄當今學術的意圖，是討喜的安排。〈婦人明月的手指〉將社會傳真改寫成為道德寓言，冷雋譏誚之餘不失對人性的矜惜。〈舌頭考〉有極精采的開端；篇頭引句「當雄性發展他們的陽具時，我們，親愛的姊妹同志們，我們應該致力於鍛鍊我們的舌頭」——是要令女人拍案、男人驚奇的宣言。可惜此作賣點雖佳，卻是枝蔓繁生；莫非蔣勳有太多話要說，「舌頭」卻不聽使喚了？

另外三篇作品中，〈安那其的頭髮〉及〈豬腳厚腺帶體類說〉各有所長。蔣勳對華而不實的政治人物，喧囂不已的抗爭活動，東施效顰的學術趕集，顯然不耐。他巧為運用豬腳「厚腺帶」說及頭髮崇拜狂的行徑，調侃理想被物化後的荒唐。〈因為孤獨的緣故〉從一個天真的中年家庭主婦的角度，側寫情慾世界的凶險與救贖。蔣勳揉合超現實的末世景觀，戀童癖的陰暗威脅，及隱而未發的同性戀溫情於一，用筆極險，也極有發展餘地。惟小說實際成績不過不失而已。

蔣勳這幾年的詩及散文，善則善矣，但寫了太多的歡喜讚歎、起滅劫毀，難免有畫地自限之虞。《因為孤獨的緣故》重現他早期詩作如《少年中國》、《母親》的稜角，亦不乏以後文字的機智趣味，讀來自然予人耳目一新的感覺，值得推薦。

——原刊一九九三年七月四日《中時晚報．時代文學》

因為孤獨的緣故——附錄之三

用小說解放被道德淹沒的人性

朱恩伶

在文字創作的世界裡，蔣勳活躍的範圍廣闊，他以詩歌吟誦年少的激情，用散文細說生活的情境，並用美學論述實踐他對美的浪漫眷戀，卻以小說關照社會，探索人性神祕的內心世界。

最近，他就以極具社會關懷的短篇小說集《因為孤獨的緣故》令文壇驚豔，雷驤把其中的單篇〈因為孤獨的緣故〉選入爾雅《八十一年度小說選》，張照堂看完書以後直奔八里蔣勳家，說：「真高興看到你的心還這麼年輕。」還有許多文化人與致勃勃地猜測、討論〈熱死鸚鵡〉中鸚鵡死前留下的謎語「Hou-Xian-Dai」，究竟是哪一個流行辭語。據說到目前為止猜對的不到十人。

三年前，蔣勳辭去東海大學美術系主任的職務，做主任時他常常不得不注意外觀與禮貌，勉強自己在某些場合穿西裝，打領帶，使他覺得自己越來越像中產階級，因而感到相當不安。但是，作為一個創作者，應該要批判社會價值與社會道德，所以，他選擇了創作的自由，結果這三年不僅成為他小說創作的豐收期，小說具有的角色轉換的功能與特性，也幫助他解放了自己。

「這本小說是我投向台灣社會的一顆文化改革炸彈。」蔣勳說。大學時代主修歷史的蔣勳始終沒忘記梁啟超的話，要興社會文化，就要先興小說。所以，在《因為孤獨的緣故》中，蔣勳用六篇短篇小說提出六種面對將來社會的多元化觀點，每篇的結尾都是開放式的。小說雖然各自獨立，但是從〈舌頭考〉、〈安那其的頭髮〉、〈婦人明月的手指〉，到〈豬腳厚腺帶體類說〉，甚至，代序〈一只頭顱〉，每篇都以某一個肢體作主體，象徵台灣社會進入後工業時期，人與人間因為疏離，所有溝通都發生阻隔，彷彿大腦與肢體缺乏中樞神經的連繫而連不起來，每個人都在孤獨的世界中喃喃自語。

在芥川龍之介式的內心獨白下，蔣勳運用電影導演布紐爾的超現實手法，及帕索里尼與阿莫多瓦的叛逆敘事方式，「喃喃自語」出台灣社會的種種病態，把被道德淹蓋的人性解放出來。〈婦人明月的手指〉出自真實社會新聞事件，〈安那其的頭髮〉探討一九九〇年三月中正紀念堂前的學生運動，〈豬腳厚腺帶體類說〉是對屏東萬巒的社會觀察，〈因為孤獨的緣故〉則觸及兒童失蹤社會現象與「戀童癖」的心理探討……

從大學三年級發表第一篇小說〈勞伯伯的畜牧事業〉，引起文壇注意以來，小說始終是蔣勳的社會觀察與關懷的呈現，也是生命經驗的反省，《因為孤獨的緣故》只是他計畫中「來日方長」系列的一部分，還要繼續寫下去。有人覺得他的小說點出了台灣的超現實與荒謬，蔣勳卻覺得這些小說之所以觸目驚心，是因為這些荒謬現實太真實了。

——原刊一九九三年四月廿三日《中國時報．開卷》

因為孤獨的緣故——附錄之四

醞釀一場情慾的叛變

張娟芬

蔣勳的散文以唯美著稱，詩作悲憫、美學理論沉厚，最近集結成冊的短篇小說集《因為孤獨的緣故》，書名也浪漫得彷彿風花雪月；但展讀才發現書頁之間並非優美的靈思，而滿是血、殘肢和無盡的慾望。蔣勳以冷峻、疏離的寫法來處理這些煽情的主題，因此書中出現的不是如噴泉湧出的鮮血，而是風乾的血痕血漬；不是有肉感、生命力的身體，而是冰凍的斷肢；不是歡樂解放的快感，而是理性撕扯，令人憂傷迷惘的感官經驗。

這一系列小說寫作的開始，約當是三年前蔣勳甫卸任東海大學美術系系主任的時候。七年系主任的行政工作和為時更久的美學理論課程講授，引起他對自己的許多懷疑，例如行政工作使他每天從衣著到心理都發散出中產階級的氣息，而美學理論雖然越講越嫻熟，卻也令他厭倦自己老是以理性來分析、統御美感經驗。蔣勳形容他有時一邊滔滔不絕地講課，心裡卻強烈覺得「有一種黑色的液體一直在分泌」。在《因為孤獨的緣故》一書中，我們就可以清晰看見這些在實際生活中受壓抑的深層情慾與感官經驗，正從理性的縫隙裡不受管束地冒出來，四處流布，醞釀一場情慾的叛變。

這場情慾叛變首先表現在小說結構的不完整上。〈熱死鸚鵡〉裡，色彩鮮麗、好誇耀、學舌「後現代」的鸚鵡，只在開頭與結尾突兀出現，中段卻全是年輕助手對老醫師複雜的情慾剖白；〈舌頭考〉前半，「舌頭」、「勞動」、「生殖」、「女性意識」諸事的關連性尚不明朗，後半卻以「舌頭不能用來發表意見，只好用來玩發聲遊戲」一事把重點轉往政治迫害；〈因為孤獨的緣故〉最末，對城市中的孤獨感受最深的家庭主婦忽然對疏離的夫妻關係重燃希望，情緒也顯得不連貫。

許多篇小說的暗喻也使讀者有追問清楚的衝動。〈安那其的頭髮〉寫學生運動，〈豬腳厚腺帶體類說〉將台獨論中的台灣影射為自豬體硬生生斬斷的豬腳，都令人好奇：這幾篇小說是蔣勳表達政治理念的作品嗎？如果是的話，他要表達的是什麼呢？

對蔣勳而言，前述結構與暗喻的問題都不很容易回答。因為這一系列小說是在一個對理性反動的情境下寫出來的，所以經常是「筆隨意走」，情緒引導的成分多過理性構築。比如〈豬腳厚腺帶體類說〉一文，本來要寫的是屏東萬巒，結果卻在寫作中途發展出「台獨」與「豬腳」的聯想，是蔣勳自己也始料未及的。也有學生在讀了〈安那其的頭髮〉之後頻頻追問：「那你到底是贊成還是反對學生運動呢？」其實他在下筆的時候，心裡想的是自己一九六八年參與的法國學運。到底贊成還是反對？蔣勳說他被問傻了。「我只是覺得，人在年輕的時候必須要『相信』什麼，即使後來幻滅了也沒關係。」

六篇小說中最冷峻的可能是〈婦人明月的手指〉。婦人明月在大街上失去了六十八萬現金，以及緊緊黏附其上的九根手指；蔣勳以黑色幽默的方式不時讓婦人明月只剩下一根大拇指的雙手在我們面前晃動；他並不直接描述她的血與痛，但卻讓路人與警察的冷淡平靜，悄悄激出閱讀時隱隱的痛感。入選爾雅《八十一年度小說選》的〈因為孤獨的緣故〉，寫作過程中的故事卻十分溫暖。源於對一位好友的關心，他本來想以一個戀童症男子為第一人稱來寫作這篇小說，但連續寫了四、五篇都不滿意，總覺隔了一層。這使他非常挫敗：「一個人畢竟沒有辦法完全理解另一個人！」最後，他以一個感官出奇敏銳的家庭主婦為第一人稱，寫出他對戀童症者的同情與寬容……雖然無法完全理解。

這本小說裡數度出現天真愚直的女性角色，如〈熱死鸚鵡〉裡的杏子、〈安那其的頭髮〉裡的葉子、〈豬腳厚腺帶體類說〉裡的庸俗淺薄的台島女子等等。其實性別壓迫在蔣勳的小說裡不乏現象描述，如家庭主婦的孤立無援、單親母親的艱辛、革命行動中女性成員的邊緣位置等等，只是都缺乏深入探討，匆匆以嬌嗔的抱怨（杏子、台島女子）或愚騃的樂觀（〈因為孤獨的緣故〉中的家庭主婦）迴避掉沉重的壓迫。

蔣勳對感官經驗有非常細緻的描述，像〈舌頭考〉中對舌根和眼睛下方肌肉的連繫就觀察入微；視覺以外，〈因為孤獨的緣故〉中第一人稱的這位家庭主婦的聽覺，則尤其精采：「……我甚至覺得他也聽得到我的竊聽，偶爾停下腳步，似乎在檢查，那時我就心跳加速，彷彿被別人發現了自己不正的竊窺，趕緊正襟危坐起來。」雖然富含官能的描寫，但乾澀的思考段落在書中仍然隨處可見；似乎湧動的情慾在醞釀一場反叛，但堅硬的頭顱仍不放棄「努力在這城市的孤獨中思索擁抱的意義」。

《因為孤獨的緣故》正是以情慾與理性的糾結爭執為主軸，開展出作者的自我挖掘與自我拯救。雖然許多社會性的、結構性的權力關係都在這本小說集中輕輕碰觸、悄悄滑過，但作為一位創作者，蔣動所展現的自省能力、誠實與勇氣，畢竟已足以令人驚喜。

——原刊一九九三年六月號《誠品閱讀》

梁鴻業／攝影

國家圖書館出版品預行編目資料

因為孤獨的緣故 / 蔣勳作. --
二版. -- 臺北市 : 聯合文學, 2015.10
192面 ; 14.8×21公分. -- (聯合文叢 ; 665)

ISBN 978-986-323-133-2 (平裝)

857.63　　104018673

聯合文叢 665

因為孤獨的緣故

作　　者/蔣　勳
發 行 人/張寶琴

總 編 輯/李進文
主　　編/陳惠珍
責任編輯/黃榮慶
封面裝幀/霧　室
資深美編/戴榮芝
校　　對/周美滿　洪燕　張清志　任容　黃榮慶
業務部總經理/李文吉
行銷企畫/李嘉嘉
財 務 部/趙玉瑩　韋秀英
人事行政組/李懷瑩
版權管理/陳惠珍

法律顧問/理律法律事務所
　　　　陳長文律師、蔣大中律師

出 版 者/聯合文學出版社股份有限公司
地　　址/(110)臺北市基隆路一段178號10樓
電　　話/(02)27666759轉5107
傳　　真/(02)27567914
郵撥帳號/17623526 聯合文學出版社股份有限公司
登 記 證/行政院新聞局局版臺業字第6109號
網　　址/http://unitas.udngroup.com.tw
　　　　E-mail:unitas@udngroup.com.tw

印 刷 廠/沐春行銷創意有限公司
總 經 銷/聯合發行股份有限公司
地　　址/(231)新北市新店區寶橋路235巷6弄6號2樓
電　　話/(02)29178022

版權所有・翻版必究
出版日期/2015年10月　二版
　　　　2015年10月5日　二版四刷
定　　價/280元

copyright © 2015 by Chiang Hsun
Published by Unitas Publishing Co., Ltd.
All Rights Reserved
Printed in Taiwan

ISBN 978-986-323-133-2 (平裝)
《本書如有缺頁、破損、裝幀錯誤、請寄回調換》

《聯合文學》 感謝您購買本書，這一小張回函，是專為您與作者及本社所搭建的橋樑，
我們將參考您的意見，出版更多的好書，並適時提供您相關的資訊，無限的感謝！

姓名： 生日： 年 月 日 性別：□男 □女

地址：□□□

電話：（日） （夜） （手機）

學歷： 在學： 職業： 職位：

E-Mail：________________

1.您買的這本書名是：________________

2.購買原因：________________

3.購買日期：________年____月____日

4.您得知本書的方法？

□____報紙／雜誌報導 □報紙廣告書評 □聯合文學雜誌

□____電台／電視介紹 □親友介紹 □逛書店

□____網站 □讀書會／演講 □傳單、DM □其他________

5.購買本書的方式？

□________市（縣）________書店 □劃撥 □書展／活動

□________網站線上購物 □其他________

6.對於本書的意見？（請填代號1.滿意 2.尚可 3.再改進，請提供建議）

書名____內容____封面____編排____綜合或其他建議________

____

7.您希望我們出版？

____作者或________類的書

8.您對本社叢書

□經常購買 □視作者或主題選購 □初次購買

文學說盡人間事　自己的一生就是文學

客戶服務專線：（02）2766-6759 聯合文學網：http://unitas.udngroup.com.tw

（請沿虛線剪下）

廣 告 回 郵
北區郵政管理局登記 證北台字7476號
免 貼 郵 票

聯合文學 出版社股份有限公司 收

110 台北市基隆路一段178號10樓

10F,178 KEELUNG RD.,SEC.1,
TAIPEI.(110)TAIWAN R.O.C.

(請沿虛線對摺後寄回，謝謝!)